Mario Benedetti

*El amor,
las mujeres
y la vida*

爱、
女人
和生命

贝内德蒂爱情诗选

[乌拉圭]马里奥·贝内德蒂　著
犀子　译

作家出版社

爱是对死亡的补偿，其本质的对应物。

——亚瑟·叔本华

前 言

马里奥·贝内德蒂

自从我在遥远的青春期见到德国哲学家亚瑟·叔本华（1788—1860）当时最流行的一本书《爱、女人和死亡》起，我就反对其标题中的三个词语所暗示的微妙提议。虽然这位来自但泽的哲学家小心地把每个术语分别对待，但很显然他的的意志论悲观主义在把三个词纳入到同一个标题中时，把它们变成了他难以遏止的厌女症的材料。叔本华对女人和她们最初的、羞怯的独立未遂尝试所作的攻击，确实带有那个地区和那个时代普遍的偏见，抱持那种偏见的实际上不仅包括男人，同样也包括女人在内。

最近我用这双几乎老了六十年的眼睛重读了全书，虽然现在我能够理智地把它安放在时代局限的范围里，但我还是再一次感受到了那种久远的抗拒感。爱是生命的标志性元素之一。无论是短暂还是漫长，自发的抑或谨小慎微地建立起来的,不管怎么说它是人类关系的高峰。神奇的是,甚至在他这部饱受争议的作品中,叔本华也免不了抱有一种心怀希望的信念:"爱是对死亡的补偿,其本质的对应物。"我把它摘出来作为这本诗集的卷首语。这难道还不足以证明,对于像这位德国作者一般禁欲的人,爱都依然是唯一使他得以面对死亡的东西吗?

由此,只需往前一步,即可承认,相比于死亡,爱和女人离生命更近。我于此定题,向叔本华聊表歉意。这是一本有主题的诗选集,五十年来分列为单行本。在埋头修订我的两本全集分册时,我发现这本单行本已经在那里,只需把它从其他如此多的内容中分开、解救出来,那些内容当然不如爱这般诱人和振奋人心。

目　录

你的飞升 / 001

下午的爱 / 006

真少 / 007

走过的她 / 009

坏脾气之歌 / 011

在栎树左边 / 013

心甲 / 021

整个瞬间 / 023

彩虹 / 024

冰冻的月亮 / 027

交换 / 028

索莱达·巴雷特之死 / 029

理想秘书 / 033

你走了又来 / 036

你们和我们 / 038

仍然到更加 / 041

我爱你 / 043

你的面容 / 045

你别解脱 / 048

亲密 / 050

我们做个约定 / 052

再见三号 / 055

兴奋状态 / 057

孤独 / 059

身教 / 062

艰难而历经痛苦 / 064

干杯时的另一只杯 / 066

正派人和冰冷 / 069

欢迎 / 072

一如既往 / 074

情人归家 / 076

谁知道 / 078

信仰 / 080

罪在自己 / 082

劳拉的遗念 / 085

尤其严重 / 089

反之亦然 / 093

战术和计策 / 095

完全相反 / 097

望月的男人 / 099

注视相册里的一张面孔的男人 / 101

看着一个女孩的男人 / 103

从雾中张望的男人 / 106

看大地的男人 / 108

看天的男人 / 110

珍珠婚 / 112

语义学实践 / 126

跨大洋运河 / 127

双语计时疗法 / 128

十一 / 129

磁带里的情歌 / 130

强烈 / 131

一个裸女,在黑暗中 / 132

煽动 / 134

我在另一边 / 136

母亲现在 / 143

每一个城市都能变成另一个 / 146

爱抚报告 / 148

通信工具 / 150

讽刺短诗 / 151

心 / 153

当你微笑时 / 154

塞壬 / 155

你喝一口甜品吧 / 156

乌托邦 / 158

脐 / 160

三角关系 / 162

李四小姐如果你离去 / 163

历史回顾 / 164

对一位李四小姐的刻奇十四行 / 165

对赫拉克利特主题的改写 / 166

墙的讽刺短诗 / 167

我说起你的孤独 / 169

奇迹 / 171

相拥者街道 / 172

当这位贞女仍是妓女时 / 174

治疗 / 175

雄夜莺和雌夜莺 / 176

男人在岸边说 / 177

田园诗里的月亮 / 179

红绿灯 / 181

献诗 / 183

美人但是 / 185

爱是一个中心 / 187

美丽双脚 / 189

看守灯塔的老头的女儿 / 190

第八个 / 192

枕头 / 194

手势 / 196

醒来爱人 / 199

绿色 / 201

罗得之妻 / 202

我把大海带到顶针里来 / 204

交换 / 206

提布鲁斯 / 207

假如上帝是女人 / 209

再 / 创世 / 211

谜 / 212

你的飞升

——致露丝

1

谁会相信
你隐秘的目光
会单独出现在空气里。
谁会相信那个可怕的
落到我命运和双眼范围里的
诞生的机会，
谁会相信你和我将被剥夺
一切善，一切恶，一切，
被拘禁在同样的安静中，
在同样的泉水上方低头
互相看对方，看见
我们在水底被相互刺探，
在水那一头抖荡着，
发现着，企图去达知
在这张帘幕背后你曾经是谁，
我在我背后曾经是谁。
而我们还什么都没有看见。
我希望来一个毫不留情的人，

我总担心而期盼着，
希望他终于用同一个符号称呼我们，
把我们放在某一个站点
把我们扔在那里，好像两声
惊呼。
但永远不会如此。你已不是那个女人，
我已不是那个男人，他们，是在成为我们之前
曾经所是的人。
你确曾是她，但如今
说话有我的口吻。
我确曾是他，但如今
一部分从你中来。
并不需要太多，仅仅一次触碰，
也许一个轻微的家庭印记，
就能让它迫使所有人在认为我们孤单时
把我们，你和我，包括进去。

2

我们到达了晦暗不明的黄昏
日与夜在此混融、相等同。
没有人能忘记这一歇息。
轻盈的天空从我眼睑上经过
给我留下空虚的城市之眼。

你现在别去想指针的时间,
别去想可怜的绝望的时间。
现在只存在裸露的焦虑,
从恸哭的云中剥离的太阳,
还有你的脸庞,它深入夜晚
直到仅仅成为微笑的声响。

3

你可以在爱时
才欲望黎明。
你可以
像从前的你那样来抗议。
你的风景我原封不动存留。
当你的双手和往常一样来到,
宣示着你时,
我会把那风景交给它们。
你可以
像从前的你那样来抗议。
即使那已不再是你。
即使我的声音在它的厄运中
孤单地等待你
一边燃烧
而你的梦不仅如此还远甚于此。

你可以在欲望时

才爱黎明。

我的孤独已学会炫耀你。

今夜,别夜

你将在场

而旋转的时间将再次呻吟,

口唇会说出

现在这和平现在这和平。

现在你可以来抗议,

来钻进你欣然心焦的被单,

无须借口那些被说服的场景,

来承认你冷淡的心,

在此懂得你自己。

会有任何一次逃逸

和保留在这里的

泡沫和阳光的时刻可供经历。

会有另一种慈悲

和保留在这里的

梦和爱的时刻可供学习。

今夜,别夜

你将在场,

冷淡地待在我目力所及,

早已远离不属于我们的缺场。

你的风景我原封不动存留

但不知没有你它还会原封不动到哪里,

没有你给它承诺弥漫大雾的地平线，
没有你对它抗议它沙堆成的窗户。
你可以在爱时才欲望黎明。
你应当像从前的你那样来抗议。
即使那已不再是你，
即使你携带着
疼痛和其他奇迹。
即使你是你的天空
给我的另一张面容。

下午的爱

我看表时正当午后四点
我做完表格,思索了十分钟
像所有下午一样把腿伸直
我好像在用肩膀把背旋下来
我弯折手指,从中掏出谎言
这时真遗憾你没有跟我在一起

我看表时正当午后五点
我是一根计算利润的摇杆
或在四十个键上蹦跳的双手
或一个聆听电话如何吠叫的听觉
或一个制造数字并从中掏出真相的家伙
这时真遗憾你没有跟我在一起

我看表时正当午后六点
你大可以惊喜地靠近
对我说:"你好吗?"然后
我留下你双唇的红印
你留下我复写纸的蓝污
这时真遗憾你没有跟我在一起

真少

你了解的
可真少
你对我的
了解
你了解的
是我的云
我的安静
我的动作
你了解的
是我屋子外面看去的
悲伤
是我的悲伤上开的小门
我的悲伤的门铃

但你整体上
什么
都不知道
你有时候想
我对你
了解的

是那么少

我了解的

要么是你的云

你的安静

你的动作

我了解的

是你屋子外面看去的

悲伤

是你的悲伤上开的小门

你的悲伤的门铃

但你不敲门

但我不敲门

走过的她

经过的脚步
经过的面孔
你还想要什么
我看着你
然后我将忘却
然后而孤独
孤独而然后
我肯定会忘却

你经过的脚步
你经过的面孔
你还想要什么
我爱你
我仅仅爱你两
或三分钟
要爱你更多
我没有时间

你经过的脚步
你经过的面孔

你还想要什么
哎别
哎你别碰我
要是我们互相触碰
我们就无法相忘
再见

坏脾气之歌

在有的日子里我感到一种厌腻：
对我，对你，对坚持让人相信的一切
我处于共担的蠢笨之中
适合让怨恨在我心里摇摆
没有任何东西是我堪于接受的兆头

那些日子，我打开报纸时心提到嗓子眼
仿佛真的在等待我的名字
出现在葬礼的通告上
后面紧跟的名单里有亲朋好友
和我手下不服管的全体员工

有的日子甚至不是黑暗的
那些日子里我失去了痛苦的踪迹
我用一种特制的疯狂解决了交缠的话语
而它本来是为了别的机会
比如说，给那些不眠之夜所准备

那些日子里，人知道自己很久以前曾是好人
咳，像熏香肥皂洗过一般皎洁的月亮

也许并没有出来那么久吧
那的确是一种真正的忧郁
而不是这种伤身的、甜蜜的无聊

好吧,这支歌只是为了告诉你
在那为数不多的几天里别体谅我

在栎树左边

我不知你们可曾经历过
但植物园是一座沉睡的公园
在里面,只要先满足一个小要求
一个人可以觉得自己是一棵树或另一个人
就让城市安静地存在于远方

秘诀可以说是支撑在一根树干上
通过能容纳死去噪声的空气
聆听有轨电车如何在米扬和雷耶斯大道驰骋

我不知你们可曾经历过
但植物园总是有着
一种愉悦的、对梦的嗜好
乐于让昆虫沿着腿爬上来
让忧郁从手臂上滑下
直到一个人握紧拳头并抓住它

总之秘密是向上看
看云怎么抢夺树冠
看巢穴怎么抢夺鸟儿

我不知你们可曾经历过
啊但逃往植物园的伴侣
已经从一辆的士或从一朵云上下来
他们一般来说在谈论重要话题
并且热切地注视着对方的眼睛
仿佛爱情是一次极短暂的隧道
而他们就在那爱情中观看自己

比如那两个人在栎树左边
（由于我对潘神和林奈的无知
兴许也可以叫它巴旦木或杉树）
说着话，看上去那些语词
深受感动地注视着他们
因为连回音都没有传给我

我不知你们可曾经历过
但想象一下他们说了什么真是极妙
尤其假如他嚼着一小条嫩枝
而她在草地上留下一只鞋的话
尤其假如他拥有悲伤的骨头
而她想笑却又不能够的话

我觉得那个男孩在说着
人们有时候在植物园会说的话

昨天秋日来临

秋日的太阳

我感到幸福

好像很久以前

你真美

我爱你

在我梦中

夜晚

只听见汽笛

海风

然而那

也是宁静本身

就这样看我

我爱你

我踊跃工作

摆弄数字

资料卡

和蠢人争辩

我走神，我诅咒

把手给我

现在

你知道

我爱你

我有时候想起上帝

好吧也没有那么多次
我不喜欢抢夺
祂的时间
而且祂很遥远
你就在我身边
就现在我很伤心
我很伤心且我爱你
时间终将流逝
街道如一条河流
驰援的树木
天空
朋友
运气真好啊
我爱你
很久之前我还是个孩子
很久之前，那又有何重要
偶然性曾经简单
就像走进你眼中
让我进去
我爱你
还好我爱你

我不知你们可曾经历过
但一个人有可能突然间觉察到

那些关于坦塔罗斯①和偶然性的爱中的一种
事实上是某种更为痛毁的东西
而上帝不容许它只因祂嫉妒

你们看，他温柔地指控
而她倚在树皮上
你们看，他一点点抹去回忆
而她神秘地垂头丧气

我觉得那个男孩在说着
人们有时候在植物园会说的话

你说过的
我们的爱
从来都是一个死去的孩子
他只是有些时候仿佛
会活下去
会战胜我们
但我们两人太强大了
我们让他失血
失去未来
失去天空

---

① 希腊神话人物，宙斯之子，虚荣之神，常用"坦塔罗斯的磨难"来喻指可望不可即的挑逗和诱惑的折磨。——译注（本书所有注释均为译注。）

一个死去的孩子
只是如此
奇妙而注定
也许他有一个微笑
就像你的微笑
甜蜜而深情
也许他有一个忧伤的灵魂
就像我的灵魂
涉世未深
也许他历经时间能学会
去尽情发挥
去运用世界
但这种一路走来
因爱而死
因恐惧而死的孩子们
他们拥有那么大的心脏
乃至被摧毁时也浑然不知
你说过的
我们的爱
从来都是一个死去的孩子
这是多么残酷的、失魂落魄的真相
多么简单的真相,多么痛苦
我想象它曾是一个孩子
且只是个死去的孩子
现在还剩什么能做

只剩下

衡量信念并让我们记住

为了它

我们曾经之所是

可它却无法被我们拥有

还有什么

也许当

四月二十三日①和深渊来到

不管你在哪里

给它带束花

我定与你同去

我不知你们可曾经历过

但植物园是一座沉睡的公园

只有雨才能唤醒

现在最后的云决定留下

把我们像欢快的乞丐一样淋湿

秘密在带着提防奔跑

为了不杀害任何一只金龟子

也不踩踏正在趁机

绝望地诞生的蘑菇

---

① 世界三大文豪的纪念日,分别为塞万提斯的下葬日,莎士比亚和印卡·加西拉索·德拉维加的忌日,如今成为世界读书日。

我毫无防备地转身,还是
那两个人在栎树左边
在雨中永存,在雨中躲藏
述说着谁知道意味着什么的沉默

我不知你们可曾经历过
但当雨落到植物园
这里就只剩下幽灵

你们可以走
我留下

心甲[①]

因为我拥有又不拥有你

因为我想你

因为夜晚是睁着眼睛

因为夜晚过去而我说爱人

因为你来收走你的形象

而你胜过你所有的形象

因为你从脚到灵魂都美丽

因为对我来说你的善良发自灵魂

因为你甜美地躲藏在骄傲中

小巧而甜美

心甲

因为你是我的

因为你不是我的

因为我看着你然后死去

若我不看着你爱人

若我不看着你

[①] Corazón coraza，诗人做了一个巧妙的语言游戏，两个词前面的音节相同，以词尾区分了一个阳性、一个阴性，暗指作者追求的"真心"和对方腼腆而疏远的"铠甲"。

会比死去更糟

因为你总是无处不在
但在我爱你之处你存在得更好
因为你的嘴是血
且你冷
我必须爱你爱人
我必须爱你
哪怕这一个伤患疼得像两个
哪怕我找寻你而不遇
哪怕
夜晚过去而我拥有你
又不拥有

整个瞬间

男人急切
女人突然

别浪费时间
爱吧

把一切放在亲吻里
触摸崭新的肉体
磨耗那独一无二的交媾吧
毁灭吧

反正心知

时间会过去
它正在过去

对这两位而言
它已经过去:
急切的老头子
突然的老太太

彩虹

有时候

当然

您微笑

您实际上

是美丽

还是丑陋

年老

还是年轻

是多

还是少

都不重要

您微笑

仿佛是

一次显影

您的微笑擦除

所有前面的微笑

它们瞬间过期

您的面孔如面具一般

您的眼睛生硬

易碎

像椭圆的镜子

您啃咬的嘴

您任性的下巴

您芳香的颧骨

您的眼睑

您的害怕

微笑

然后您诞生

呈现出世界

您注目

而不注视

不设防

裸露

透明

如果微笑来自

很深

很深处

也许

您可以

简单地哭

不撕心裂肺

不绝望

不寻死觅活
不自觉空虚

哭
只是哭
那么您的微笑
假如还存在
会变成一道彩虹

冰冻的月亮

背弃
宁静
在这样的孤独中

神圣的漏雨
远方的嚎叫
可怕的寂静
坚定的回忆
冰冻的月亮
属于其他人的夜晚
睁得大大的眼睛
在这样的孤独中

无用
空虚
在这样的孤独中

人有时候能够
理解
爱

交换

这样做很重要

我想你对我叙述
你最后的乐观
我为你献出我最后的
信任

哪怕是最微小的
交换

我们得比对比对
你孤独
我孤独
我们成为邻人必有原因

孤独也
能够成为
 　　一道火焰

索莱达·巴雷特[①]之死

你在此生活数月或数年
你在这里绘出一条忧郁的直线
穿越那些生命,那些街道

[①] 索莱达·巴雷特·别德马(Soledad Barrett Viedma,1945—1973):巴拉圭共产主义女战士。索莱达的爷爷是西班牙和巴拉圭无政府主义者、作家、记者拉法埃尔·巴雷特,母亲是犹太人。由于巴雷特一家在巴拉圭受到迫害,在索莱达三个月大时就举家逃亡阿根廷,五年后才返回巴拉圭。索莱达在巴拉圭度过少女时代,开始参加一些政治团体,比如和"青年—学生阵线"、"民族解放团结阵线"关系密切的"麻雀纵队"。随后巴雷特一家又因独裁而流亡乌拉圭。1962年7月6日,17岁的索莱达被一个乌拉圭纳粹恐怖团体劫持,因索莱达拒绝喊"希特勒万岁!菲德尔倒台!"而被劫匪用匕首在双腿上各划了一个"卐"字,因为类似组织结合了反犹主义和反社会主义,而索莱达有犹太血统。在乌拉圭期间,索莱达到莫斯科苏联共青团的学校学习一年。接着,索莱达加入了巴拉圭共产党,并在阿根廷居住。1967年,索莱达决定到古巴接受游击队训练,在此期间结识了丈夫巴西人何塞·玛利亚·德·阿劳霍,二人结婚并育有一女。1970年索莱达的丈夫返回巴西,遭到逮捕和杀害。面对这个消息,索莱达决意加入巴西游击组织"人民解放先锋",推翻巴西的独裁政府。在游击队里,索莱达认识了丈夫在古巴的老战友"安塞尔莫班长",二人于1972年成为伴侣,但她不知道安塞尔莫是独裁政府安插在游击队里的双面间谍。最终,1973年1月8日,索莱达和许多其他战友因安塞尔莫的告发而遭到逮捕和杀害。

十年前你的青春期是则新闻
他们划破你的双腿因为你不想
喊希特勒万岁和菲德尔倒台

那是另一些时间和另一些中队
但那些刺青用惊吓充塞了
你如在月亮上生活过的那个乌拉圭

当然那时你无法明白
在某种意味上你是
伊比利亚人的史前史

现在,你的二十七年[①]生命
在累西腓遍体鳞伤
因为冷淡的爱和秘密的痛苦

也许永远无法知晓情由
电报说你反抗了
除了相信没有别的办法
因为事实是你反抗了
你只是让自己站在他们面前
只是看着他们

---

① 索莱达去世时 28 岁生日刚过去两天,这里可能是诗人的笔误。

只是微笑

只是仰天高歌谢利托①

以你坚定的形象

以你小姑娘的模样

你本可以做模特

演员

巴拉圭小姐

封面

年鉴

谁知道多少东西

但爷爷拉法埃尔那个老安那其

猛烈拉扯出你的热血

你沉默地感受那些拉扯

你没有在孤独中生活②索莱达

因此你的生命没有被抹除

它只是装满了预兆

你没有在孤独中死去索莱达

因此你的死亡无须哀悼

---

① cielito,拉普拉塔河地区的一种乡间歌舞,cielito 是天空"cielo"的指小词。
② 作者在这里和下一节开头使用了双关语,索拉达的名字"Soledad"在西语里即"孤独"之意。

我们只是把它立在风中

从此,怀念将是
忠实的风,它将让你的死亡飘荡
以便使你生命的彩带
榜样一般地、清澈地呈现

我不管
在伯南布哥州的扫射
结束你的全部梦想时
你穿的是超短裙还是牛仔裤

至少,合上你明亮的大眼睛
绝不是件容易事
在你眼里,最佳的暴力
容许明智的休战
以转变为令人惊讶的善意

虽然最终它们被合上了
但很可能你仍在注视
三四个民族的同胞索莱达
望着你曾为之而生的洁净未来
为了它你从未拒绝死亡

理想秘书

我是理想的
女秘书。

我的领导很优雅,
我的领导那么审慎,
个子高,出类拔萃,
一个完美的领导。

当他来命令我说
"抄写一份"时,
我是理想的
女秘书。

我的领导有妻子,
两个孩子和三个女仆。
那个妻子至少
一点也不了解他。

当他来对我说
"咱们脾性相投"时

我是理想的
女秘书。

我的领导有一匹野马
和一间公寓,
我们——我和他的内疚
有时候会去那里。

那时我会顺着他说
"这是可以原谅的过失",
我是理想的
女秘书。

我的领导举手投足
像个成熟的人,
穿深色衣服时
小肚子会被遮掩。

而当他打哈欠说
"今天不了,我不舒服"时
我是理想的
女秘书。

当那个老男人,
我的领导,离开时,

我欲辩无言
独自照着镜子。

我对自己说着
那厌倦的仪式:
"我是理想的
女秘书"。

你走了又来

——致露丝

在卡拉斯科机场到纽贝里机场间往返
你走了又来，带着书本和围巾
带着任务、目的和吻

你面颊上有祖国的味道
你对预兆有着狂热的信念

你走了又来，像一枚明智的钟摆
像一名充满希望的代理商
或一位自告奋勇的空姐
你如此习惯于到达
却没那么习惯于离去

谁能想象，当我们在
那个太阳都照不到
而你却照得到的寝舱里
在二十八年前开始美好故事时
我们会用一个新闻交换另一个新闻
毫无不耐烦　　就像做总结的人

当你入睡而我继续阅读时
在四面墙之中有些事发生

你熟睡于此,而我
感到前所未有的陪伴

你们和我们

你们爱的时候
要求舒适
一张雪松木的床
和一张特制床垫

我们爱的时候
很好办
有床单那太好了
没有也一样

你们爱的时候
算计好处
不爱的时候
再算一次

我们爱的时候
就像重生
如果我们不爱了
我们过不去那坎

你们爱的时候
是另一种量级
有照片有八卦有新闻
而爱是一次大爆炸

我们爱的时候
是一种平常的爱
那么简单那么有滋有味
就像拥有健康

你们爱的时候
要看表
因为浪费的时间
值五十万

我们爱的时候
不急，却火热
我们享受，反正
我们工资不高

你们爱的时候
要去找精神分析师
你们爱得好还是糟
他才是给意见的那位

我们爱的时候
没有那么畏缩
愉快的潜意识
直接开始享受

你们爱的时候
要求舒适
一张雪松木的床
和一张特制床垫

我们爱的时候
很好办
有床单那太好了
没有也一样

仍然到更加

我仍然不相信
你正要来到我身边
夜晚是一把
星星和快乐

我触摸品尝聆听目睹
你的面孔你大跨的脚步
你的双手,然而
我仍然不相信

你的回归,对你对我
有那么大的干系
我出于卡巴拉①才提及
也出于疑问才歌唱

永远没有人替代你
而那些最为琐碎的东西
变得至关重要

---

① 犹太神秘主义哲学。

因为你就要到家

可是我仍然
怀疑这好运气
因为天空因拥有你
而对我显得梦幻

但你来临,确切无疑
且你带着目光而来
正因此你的到来
让未来变得有魔力

虽然我不总能理解
我的过错和失败
但我知道在你怀抱里
世界有意义

若我放胆亲吻
而你双唇的奥秘
不生顾虑和余味
我还将更加
　　　　　爱你

我爱你

你的双手是我的爱抚
我日常的和弦
我爱你,因为你的双手
为正义而劳作

  若我爱你,是因为,你是
  我的爱人我的共谋和一切
  且在街上肩并肩时
  我们要远远大于二

你的双眼,是我
抗击坏时节的符咒
我因你的目光而爱你
它张望并散播未来

你的嘴巴是你的也是我的
你的嘴巴不会错
我爱你因为你的嘴巴
懂得呼告反叛

若我爱你,是因为,你是
　　我的爱人我的共谋和一切
　　且在街上肩并肩时
　　我们要远远大于二

还因为你真诚的面容
你游荡的脚步
你为世界发出的悲泣
因为你是人民,我爱你

还因为爱不是光环
也不是单纯的寓言
还因为我们是
自知并不孤单的伴侣

我在我的天堂里
也就是在我的国家爱你
人们幸福地生活
哪怕不被许可

　　若我爱你,是因为,你是
　　我的爱人我的共谋和一切
　　且在街上肩并肩时
　　我们要远远大于二

你的面容

我有一种孤独
如此集中
如此充满怀念
装满你的各个面孔
装满许久之前的"再见"
和欢迎的吻
装满突如其来
和最后一节车厢

我有一种孤独
如此集中
以至于我可以组织它
像一次游行：
按颜色
体积
和征兆
按时代
按触觉
还按味道

没有多余的颤动
我拥抱你的缺席
是这缺席陪伴我
带着属于我的你的面孔

我充满阴影
夜晚和欲望
笑声和某个
诅咒

我的房客们聚集起来
像梦一样聚集
带着他们新生的怨恨
和他们对真诚的缺乏
我在门背后
给他们放了一把笤帚
因为我想独自
和属于我的你的面孔待在一起

但你的面孔
望向另一边
你爱的眼睛
已经不再像
食粮寻找饥饿
那样去爱

它们看呀看
结束了我的日程

墙壁离开
夜晚留下
怀念离开
无物留下

属于我的你的面孔
如今合上眼睛

那是一种孤独
如此悲痛

你别解脱

你别一动不动
待在路边
别冻结欢乐
别勉强地爱
别当下解脱
永远别
　　　　别解脱
别让自己充满安闲
别在世界上仅仅保留
一个安静的角落
别让眼睑垂下
沉重得像审判
别失去双唇
别无梦地睡眠
别不带热血地思考
别超时间地评判自己

但要是
　　　　无论怎样
你依然无法幸免

并冻结欢乐

并勉强地爱

并当下解脱

并充满安闲

并在世界上仅仅保留

一个安静的角落

并让眼睑垂下

沉重得像审判

并干渴得失去双唇

并无梦地睡眠

并不带热血地思考

并超时间地评判自己

并一动不动

待在路边

并解脱

    那么

你就别留在我身边

亲密

我们一起做梦
一起醒来
时间成立或解散
与此同时

你的梦和我的梦
对时间都不重要
我们笨拙
或太谨慎

我们以为那只海鸥
不会落下
我们以为誓言
是永恒的
以为战斗是我们共同的
或者说不是任何一人的

我们一起生活
一起屈服
但那种摧毁

是一个玩笑
一个细节一阵风
一个痕迹
天堂的一次
开合

我们的亲密
已如此广阔
以致把死亡也藏进
它的虚空

我希望你对我讲述
你缄口不谈的痛苦

从我这里,我为你奉上
我最后的信任

你孤独
我孤独
但有时候
孤独也可以
成为
　　　一声呼唤

我们做个约定

当你感到伤痕泛血
当你感到声音抽泣
告诉我。
（卡洛斯·普埃布拉一首歌的歌词）

女伴
您知道
您可以
指望我
不是数到二
或数到十①
而是
指望我

如果哪次
您发现
我望着您的双眼
而您在我的眼中

---

① "指望"（contar）是多义词，也有"数数"的意思，是一个双关。

认出爱的意图
别惊动您的步枪
别胡思乱想
哪怕您看见意图
或者说也许就因为您存在
您可以
指望我

如果别的时候
您发现
我无端避世
别觉得我懒散
您一样可以
指望我

但我们做个约定
我也想
指望您
　　　　知道您存在
这太美妙
让人感觉自己活着
当我这么说
我想说的是
哪怕数到二
哪怕数到五

并不仅仅是要您

匆忙赶来扶助我

而是想要

确切地知道

您知道您可以

指望我

再见三号

我把你留给你的生活
你的工作
你的人群
你的日落
和你的天明

我散播着你的信心
把你留在世界旁
去击溃诸多不可能
虽不保险但安全

我把你留下面朝人海
让你独自对自己解谜
没有我盲目的问题
没有我破碎的答案

我把你留下，不再有
我可怜而创痛的质疑
不再有我的不成熟
不再有我的老练

但你也别
确信无疑
别信永远别信
这虚假的抛弃

你会置身
最意想不到的地方
比如
一棵树冠乌黑的
老树上

我会去一个遥远的
没有时刻的天边
在触觉的痕迹上
在你和我的影子里

我将会被分配到
那种你望他们一眼
就立马跟你走的
四五个小伙子当中

但愿我能够
在你的网中之梦里
一边等待你的眼睛
一边凝望着你

兴奋状态

有时候我感觉自己
像一只鹰在空中。
（巴勃罗·米兰内斯一首歌的歌词）

有时候我感觉自己
像可怜的小土丘
有时候又感觉
像重峦叠嶂的高山

有时候我感觉自己
像一面悬崖
有时候又感觉
像遥远的蓝天

一个人有时候
是岩间清泉
还有些时候是一棵
只剩最后几片叶子的树

但今天我差点感觉自己

是失眠的湖
有一个码头
却已没有船只

一方绿湖
波澜不惊且柔缓
相宜于它的水藻
它的苔藓和它的鱼

我自信而心定
确信有一个下午
你会靠近并看见自己
在看我时看见自己

孤独

他们有道理
那种幸福
至少是大写的那种
　　　　　　　不存在
啊可是即便存在小写的
也会类似于我们短暂的
　　　　　　　前孤独时代

快乐过后孤独来到
圆满过后孤独来到
爱过后孤独来到

我知道那是一种可怜的畸变
但实实在在的是，那持久的一分钟里
一个人感到
　　　　　孤独于世

没有理由
没有借口
没有拥抱

没有怨恨
没有汇聚或分散的事物

在那种独处的独一方式中
一个人甚至不怜悯他自己

客观数据如下

在你的双手和我的双手间
　　　　有十厘米的安静
在你的双唇和我的双唇间
　　　　有一道没说出的话的疆界
在你的双眼和我的双眼间
　　　　有某种闪烁着伤感的东西

显然孤独并非独自前来

若从我们的孤独的消沉肩膀上
望去
会看到一种漫长而紧实的不可能
一种对第三或第四者的单纯的尊重
做好人的倒霉

在快乐过后
在圆满过后

在爱过后
   孤独来到

理应如此
   但是
孤独过后
还有什么

如果我想象
不如说如果我知道
在我的孤独
    和你的孤独之后
还是有你
哪怕我独自询问你
孤独之后
   还有什么
有时候我都不觉得
    多么孤独

身教

他清楚地知道自己会想念她
但不知到何地步会感到空窗
那时他不再像思念的老兵
而是一个孤独的愣头学徒

显然那受过教化的预防性的明智
理解一切,并且知道,若无许可
去行那不可能之举,一次燔祭
或许艰巨,却是爱的证明

身体相反
由于它并不理性,反而胡来
对于并不周全反而冒失的
可怜身体而言
诸般摇摆无往亦无来
它不在乎它的悲伤中值得嘉许的部分
却单单只在乎它的悲伤

荒芜、不毛、无依无靠的身体
在乎不在场的身体　或者不如说在乎

荒芜、不毛、无依无靠的不在场的身体

虽然记忆会忠实地列举
最近或最崇高的事迹
但不会因此就替代或替换它们
倒不如说是忧伤在滋养它

他清楚地知道自己会想念她
但他不知道的是何时
自己的身体会背弃理智

然而当他能够
理解这甜蜜的诅咒
他也就知道自己的身体
是他唯一、真正的发言人

艰难而历经痛苦

他想
　　但愿不是
但这一次也许是最后一次

带着比别的夜晚更甜蜜的欲望
他触摸新识女人的双腿
　　幸好并非卡拉拉大理石制成
他把整个手掌放在薄荷上
　　并感觉到他的手在感谢
它缓慢而智慧地在小腹上游走
　　被峡谷和丘陵所打动
它在肋部和紧接的洼部缓行
　　那总是他受欢迎的奖赏
它在双乳上行走，随机选择
　　在那里，它停驻片刻，解谜
它用拇指和食指认出双唇
　　幸好不是珊瑚制成
一只手从脖子滑下
幸好不是雪花石膏制成

他想
　　　但愿不是
但可能是最后一次
假如在一切过后
这是最后一次

那么怎么办　　明天我该怎么做
我将从哪里掏出力量和遗忘
去与这山岳形态学
与这块和平的地区
与这片占有过的故土拉开距离
　　　　艰难而历经痛苦
　　　　历经时间和甜蜜
　　　　历经一阵阵爱

干杯时的另一只杯

起初,她是一场宁静的交火
是一张甚至不佯装其美丽的面孔
是一双一点点创造出一种语言的手
是一张值得铭记的、罪证确凿的皮肤
是一道明净的　没有背叛的目光
是一个激发笑容的声音
是一双婚礼上的嘴唇
是一次干杯

难以置信,但尽管如此
他还是有时间对自己说
真简单　并且
也无所谓未来
　　是不是一团阴森的杂草

他们相互的诱惑所选择的
如此不露声色的方式
是一种快乐的惊愕
没有过错也没有辩白

他感到乐观
    滋养
       崭新

离啜泣和想念那么远
在他和她的血液里如此舒适
在长满苔藓的角落如此活跃
在等待中如此适意
以至于在爱过后来到夜色中
没有月亮，无所谓
没有人，无所谓
没有神，无所谓
去击碎流言蜚语
去谱写愉悦
去拾取他那份战利品

但他爱的一半
       拒绝做一半
突然他感到
没有她，他的怀抱那么空虚
没有她，他的双目无处可视
没有她，他的身体绝对不是
   干杯时的另一只杯

而他再次自语

真简单
　　　　但现在
他哀叹于未来是阴森的杂草

只在这时他才想起她
　　　　　　　　选择她
没有疼痛　没有绝望
没有痛苦也没有惧怕
温顺地开始
　　　　　和别的夜晚一样
　　　　　　　　　　需要她

正派人和冰冷

谁能预见,爱　那非正式的爱
会投入他们　如此正派的人

当他们第一次用午餐
她很慢热而他没那么慢
二人说话带着可疑的客观
用两种音量谈宏大主题
她的微笑　她的
好像一个预兆或一个寓言
他的目光　他的　做着记录
记录她的　她的眼睛是怎么样的
但他的话语　他的
并不知情于那甜蜜的调查

一如既往　或几乎一如既往
政治导向文化
因此他们晚上到剧院相聚
但没触碰一片指甲,一个扣眼
甚至没碰一个搭扣,一条袖子
又因为在出口处十分冷

而她没穿袜子
只有拖鞋,从中冒出
白皙、裸露的指头
所以必须钻进一家小酒馆

又因为服务生拖了太久
他们出于信赖选择了
超干,不加冰谢谢
当他们到家　她的家时
冰冷已经到了他的唇上　他的
于是她　像寓言和预兆
给他提供庇护所和速溶咖啡

快一个小时的个人史和怀旧
直到最后,一片安静突然来到
众所周知,在这种情况下
说一些事实上不过分的话是勇敢的

他做出尝试　只差我留下睡觉了
她也做出尝试　你为什么不留下呢
而他　你别对我说第二遍
而她　那好你为什么不留下呢

于是他留下来　一开始
毫无保留地亲吻她冰冷的脚　她的

然后她亲吻他的嘴唇　他的
到现在这个地步它们已不那么冰冷
然后就这样交替
　　　　　　　与此同时宏大主题
睡了他们没睡的觉

欢迎

我感觉你会来得别具一格
不一定是更美
或更强
    也不是更温顺
      或更谨慎
只是你会来得别具一格
仿佛这段见不到我的时光
也同样使你震惊
也许因为你知道
我如何想你、计数着你

不管怎样,怀念存在
哪怕我们不会在幽灵般的站台上哭泣
也不会在洁白的枕头上
也不会在晦暗的天空下

我思念
你思念
真让我炸裂呀,他竟也思念

你的脸庞是先锋
也许第一个到达
因为我用隐形的牢固线条
把它画在墙上

别忘记,你的脸庞
像人民一样望着我
微笑,发怒,高唱
像人民一样
而这给你带来一种
　　　　　　不可磨灭的光芒

现在我没有疑问
你会来得别具一格且带着信号
带着新信号
　　　　带着深度
　　　　　　　带着真诚

我知道我会爱你　没有问
我知道你会爱我　没有答

一如既往

哪怕你今天
　　　已满三百三十六个月
但当你在残酷者获胜之际
开始探问世间欢乐时
却并不显老成
当你如海鸥般飞过厌恶
或拆毁盘根错节的怨恨时
甚至更显稚气

这是变古易常、逆天改命的好年纪
好让你的泉水涌出不掺苦难的爱
好让你去面对那苛刻的镜子
并且认为自己是美的
　　　　　　　于是你便美

几乎不需要去祝愿你欢乐
　　　和忠诚
既然它们会像天使或帆船一般围绕着你

显而易见且可以理解

　　　　苹果和茉莉

汽车看管员和自行车手

贫民窟居民的女儿

迷路的狗

瓢虫

火柴盒

都把你视为一份子

使得祝你生日快乐

可能都是对你日日快乐的

　　　　　　　　　　不公平

记住这条你生命的法则

若你在一段时间之前曾历经不幸

那经历也会在今天助你确保

你的幸福

对你而言，这怎么也算不上新鲜：

世界

　　　　和我

　　　　　　　　都真的爱你

但我总是比世界爱得多一点

情人归家[1]

既然我的一天
始于回到你的视线
且你觉得我状态不错
我也发觉你更美丽
既然最终
事情清楚得很:
你在哪里,而我又在
     哪里

我第一次知道
自己将会有力量
和你一同建设
一段如此热切的友谊
如此热切以至于
人们将开始
从邻里
挪绝望的
爱的领域

---

[1] 原文为英语,"lovers go home"。

嫉妒地盯着我们
并最终组织起
登门拜访
来询问
我们是怎么成的

谁知道

女友
旭日照耀下的街道
　　突然转变成
　　被植物墙围起的小径
摩天大楼奉上一个权力悬崖的
　　冷酷视野
公交车疾驰而过
　　像温和的犀牛
在一张遥远的天幕上
云就只单纯地是云

背负大包小包的小姑娘
　　是一只过于明显的蚂蚁
　　因此我排除了她
但那个有一张高贵脸庞的残疾人
　　他真的像一只螃蟹般前行
那位面颊火烫的年轻修女
　　像一棵不被获准的蘑菇般成长
烟油慢慢变成露珠
汽油味变成茉莉花香

这一切是为什么

单单因为

在第一行

我想到了你

     女友

信仰

一个人突然远离了
　　他钟爱的那些形象
女友
你在地平线上变得易碎
我放下你时想了很多
不过，但愿你也想一想我

你知道
在这场去往死亡的短途旅行
　　也就是生命中
当我能够想象，在远方
你也许在入睡前相信我的信仰
或者和我相遇在梦的回廊
我便感到被很好地陪伴
感到几乎有了答案

告诉你这些纯属多余：到这地步
我不相信预言者也不相信将军
也不相信宇宙小姐的屁股
也不相信刽子手的悔恨

也不相信关于快适的教条
也不相信上帝无力的宽恕

到比赛的这个阶段
我普遍地
相信人民的眼睛和双手
特别地
相信你的眼睛和你的双手

罪在自己

也许是一次对希望的大屠杀
某种已被预见的模式的倾颓
啊但我的悲伤只有一个意义

我所有的直觉涌现
来看我受苦
且确实看见了我

到此为止我已经与你
　　一同制定并重制了我的路线
到此为止我已经赌过
去编造真相
但你找到一种方式
　　一种温柔的
　　同时又决绝的
　　使我的爱绝望的方式

只为一个征兆，你就把它
　　从你可能的生命的郊区摘除
你把它包裹在思念里

用一个个街区慢慢地
　　　装载它

趁夜风还未注意
你在那里直接丢下它
把它独自留给
　　　它不长的命运
我想你有道理
不被爱之罪在自己
　　　而不在种种借口
　　　也不在时间

很久　很久很久
我都没有像昨夜一样
面对镜子了
它和你一样决绝
　　　却不温柔

现在我孤独
坦率地
　　　　孤独

总是费点劲
去开始自觉不幸

在返回
我阴森的冬季营房之前

以防万一
我用干瘪得厉害的双眼

去看你怎样钻进雾中
然后开始回想你

劳拉[1]的遗念
——致安娜·玛丽亚·皮齐奥[2]

马丁·圣多美[3],您不知道
我如今多么想拥有
世上所有的时间去爱您
但我不会把您召来我身边
既然即使在我尚未
垂死的情况下
我也会
仅仅因为靠近您的悲伤而死去

马丁·圣多美,您不知道
为了活下去,我做出多少奋斗
我如何地热爱生活,好去体验您
但我必须做一个松垮垮的生活激励者
因为我在死去　圣多美

您当然不知道
我也从来没说

---

[1]　贝内德蒂小说《休战》中的女主角劳拉·阿韦亚内达。
[2]　阿根廷著名女演员。
[3]　《休战》的男主角,早年丧妻,在小说中是劳拉的上司,和劳拉产生了办公室恋情,但最终劳拉猝然离世,一切戛然而止。

甚至
在您用不信神的自由的双手
发现我的那些夜晚我也没说
您不知道我多么珍视
您单纯的爱我的心

马丁·圣多美，您不知道
　　我也知道您不知道
　　因为我看到您的双眼
　　正澄清着
　　恐惧的未知数

您不知道您不老
不知道您不会老
无论如何，去他的年龄
我确定我爱这样的您

马丁·圣多美，您不知道
您唤得多么好多么美
　　　　　　　"阿韦亚内达"
某种程度上您用您的爱
发明了我的名字

您，是我对一个我从未形成的问题
所期待的回答

您是我的男人
  我是那个放弃者
您是我的男人
  我是那个懦弱者

马丁·圣多美，您不知道
至少在这场等待中您不知道
看着快乐结束是多么悲伤
对一声粗野的摔门
     也没有预先提示

很奇怪
但我感觉
   我在远离
远离您和我
我们曾经离我和您
那么近
也许因为生活就是这样
就是靠近
而我正在死去
    圣多美
您不知道
我多黑暗
   多遥远
    多沉默

您
马丁
马丁是怎么样的
名字从我掉落
我自己在掉落

您无论如何
不知道也无法想象
没有您
的
生
命
我的死
会是多么孤独

尤其严重

我生活的所有部分都有一些属于你的东西
而这事实上一点也不奇怪
你和我一样客观地知道这一点

然而还有些事我想对你澄清
当我说所有部分
并非仅指当下这些
比如等待你,以及,哈利路亚,遇见你
  再操蛋地失去你
  又重新遇见你
  但愿没有更多波折

我也并非仅指你马上要说的话
  "我会哭的"
我的嗓子眼会打一个节制的结
  "那你哭吧"
然后一阵美丽的隐形阵雨庇护我们
也许正因为此而紧接着便日出

我也并非仅指日复一日

我们微小而决定性的麻烦
  库存渐增
或我能够 或相信我能够
  反败为胜
或你把你最近的绝望
  变成给我的甜蜜礼物

不
事情要严重得多得多
当我说"所有部分"
我想说，除了那场甜蜜的劫难
你还在重写我的童年
人在那个年纪爱学大人说冠冕堂皇的话
而冠冕堂皇的大人们总称赞那些话
而你相反，心知那不顶用
我想说，你在重组我的青春期
那段时光，我是一个满腹狐疑的老人
而你相反，懂得从那片荒野里提取
我欢乐的胚芽 并注目于它、灌溉它

我想说，你在震撼我的青春
那个罐子，从未有人夺入他手中
那个影子，没有人能让它靠近他的影子
而你相反，懂得摇晃它
直到枯叶开始掉落

而我的真理的脚手架不再有壮举

我想说，你在拥抱我的成熟
这团麻木和经验的混合物
这条痛苦和雪的奇怪边界
这支照亮死亡的蜡烛
这个可怜生命的悬崖

如你所见，事情更严重
要严重得多得多
因为用这些和那些话
我想说，你不　不仅仅是
你所是的那个可爱姑娘
你也是我爱过和爱着的
　　　那些光彩照人
　　　或小心翼翼的女人
因为多亏你我才发现
（你肯定会说"是时候了"
　　　　　　　　　　你有道理）
爱是一个美丽、慷慨的海湾
它明明灭灭
　　　随人生而变

一个海湾
　　　船来船去

它们随鸟儿和预兆而来
又随人鱼和乌云而去
一个美丽、慷慨的海湾
那里船来
　　　　船去

但是
请你
　　　不要走

反之亦然

我害怕看到你
我需要看到你
我希望看到你
我不愿看到你

我想遇到你
我担心遇到你
我确定会遇到你
我怀疑能否遇到你

我迫切需要听见你
我乐于听见你
我幸运于听见你
我恐惧听见你

抑或
一言以蔽之
我完了
   而且春光满面
也许前者

重于后者
也可能
　　　　反之亦然

战术和计策

我的战术是
     注视你
学习你是什么样子
爱你之所是

我的战术是
     对你说话
和聆听你
用言语建造
一座坚不可摧的桥

我的战术是
留在你的回忆里
我不知如何　也不知
以何借口
但要留在你之中

我的战术是
     坦诚
并知道你也坦诚

且我们不会相互贩卖
幻象
使得我们之间
没有幕布
    也没有深渊

我的计策
相反
更深且更
   简单

我的计策是
某一天
我不知如何　也不知
以何借口
让你最终　需要我

完全相反

我收集预兆
兆象和微妙细节
和征兆
　　　　和猜测
　　　　　　　和迹象

我想象作出承诺的计划
但愿我不会丢掉
哪怕一个征象

昨天
还未走远
昨天已开始变得不详
它变成了
九点十四分的一声"早上好"
当时你
无辜地
在经过时那么说
说你不觉得
伴侣

情侣

是可行的

我自然一秒也没有犹豫

我坚持那一见解

因为你和我,我们是
　　　　　　　非伴侣

望月的男人

即是说他望着月亮　因为它
躲进了云朵的屏风后
这又是因为，世间多少情人
精明地向它伸出橄榄枝[①]

凭借它暗示性的光芒
多个世纪里，月亮成功地
把孕腹转变为刻奇的胡弯欢闹[②]
把尘世不公转变为青金石色的疼痛

当富有的情侣从他们的
厌烦情绪和馆榭里望向它

---

① 拉普拉塔河地区俚语，指工作上辞退某人。
② 原文为"garufa cursilínea"。"cursilínea"是贝内德蒂的自造词，结合了"cursi"（刻奇的）和"curvilíneo"（曲线的），"garufa"意为"欢闹"、"放荡"。由此，"garufa cursilínea"既包含了暗指孕腹的"弯曲"之意、又带有影射"胡作非为"和"刻奇求欢"搞大了肚子之意。下一句中，诗句指出这种现象是尘世间的不公，然后把画面缩放为深蓝色的地球（暗喻母体）的疼痛。译者利用汉语拼音 hu-an-huan 的拼读，凑齐"胡—弯—欢"三层语义在内，只为勉力靠近诗人巧思。

它便从美好事物中进入轨道
听人讲述月亮是一个文化现象

但如果是贫穷的情侣
从他们的忧虑和饥馑中端详它
那时下弦月则使人眯起眼睛微笑
因为如许苦难不应呈给它

直到一个凑巧的月夜
有温柔的蝙蝠　有鬼魂和一切
那些贫穷的情侣双双对视
他们说　过不下去了　塞勒涅①见鬼去吧

他们上床，床单破旧
带着与月亮无关的性的刺鼻气味
子母床摇晃吱吱作响
永远摆脱了无常的月亮后
他们最终私通，如神命令
或不如说如神暗示的那样

---

① 希腊神话中的月亮女神。

注视相册里的一张面孔的男人

他很久没有遇到这个女人了
他细致地了解这具身体
并相信大致认识其灵魂

今非昔比
此事明确
但无论如何都有纪念
回忆它们是桩美事

哪里燃过火
哪里爱抚留下

突然,她从唤起回忆的飒飒声中浮现
高声坚持
说工人所知甚少
说人民心底里是懦夫
说年轻人不会去改变世界
说暴力呸
说暴力唉
说谁寻求安逸便能获得安逸

只在这时我注意到
我不在乎她高声发言
不如说我不想她回到那飒飒声

只不过是相册里的一张脸
而现在很容易
　　　　　　翻过那一页

看着一个女孩的男人

为了决不产生误会
为了不被任何东西中介
我要对你解释我的爱所唤起的

你的双眼有时茫然垂下
有时又锋利地、冷淡地扬起
它们如此重要,连我自己都吃惊

你有魔力的美丽双手
有时比话语还能更好地表达你
它们如此重要,我甚至不敢触碰
而假若有一天我触碰它们,也只为
把某些密匙重新传递给你

你钟摆的身体
犹豫是接受还是献身
它如此年轻,不顾你的心意而展示
它是一份我对其缺少资料的资料
但我能有助于认识它

你的双唇安放在
绘制话语、承诺诺言的热情之上
它们在你的形象中，对我而言
是英雄，同样也是堕天使

在我的爱中你是一切或几乎一切
我缺少数字但我会去计算
我缺少征兆但我会去发现
但在我的爱中还有别的东西
比如那些我用来挪移大地的梦
我、我们发起的可怜斗争
使我和人民之间持续的对话
变得高贵的，那些善意的仇恨
人们对我问出的尖锐问题
那些我没有给出的真实回答

在我的爱中还有几种愤怒
和一种时常能囊括愤怒的惧怕
有和我一样的男人在栅栏后注视着
一个可能会是你的女孩

在我的爱中有劳作也有休憩
有单纯的补偿和复杂的惩罚
有两三个女人构成你的史前史
又有许多年太多太多年

强作欢颜

接着信以为真

我希望在我的爱中你能看到这一切

并且,希望你,小姑娘

能够耐心而审慎地

既不伤害我也不伤害你

从那里拯救出月亮,河流

徽章,仪式

亲吻或道别的方案

那颗虽然历经一切也还在期待的心

从雾中张望的男人

我从未如此艰难地
　　指称树木和窗户
　　还有未来和疼痛
钟楼隐形而沉默
　　但假如它发出
　　自己的鸣响
　　也会是出自一个忧郁的幽灵

街角失去了锋利的角
没有人会说残酷存在

烈士的血勉强算得上
　　怨恨的一个暗淡印记
在雾中，事物
　　多么变幻莫测

贪婪者不过是
　　他们自己的可怜保险
虐待狂是讽刺的顶点
高傲者是
　　某种他人的胆量的船头

卑微的人相反，不被看见

但我知道，在那张
　　不确定的帷幕后面，谁是谁
我知道深渊在哪里
　　我知道哪里没有上帝
我知道死亡在哪里
　　我知道哪里没有你

雾不是遗忘
　　而是提前的推迟

但愿等待
　　不会磨耗我的梦
但愿雾气
　　不会到达我的肺
但愿你，小姑娘
　　从雾中浮现
像一段美好的
　　变成面孔的回忆

但愿我最终知道
在你的眼睛遭遇并庆祝
　　我无休止的欢迎时
　　你永远丢下了
　　这遭诅咒的空气的稠密

看大地的男人

我多么想让可怜的干涸大地有另一个命运
她在每一个土块上
都携带着所有技艺和活计
并为可能永远不会到来的种子
献出她启示性的子宫

我多么想让河流的奔溢
来挽救她
并用沸腾的太阳
或波动的月亮来浸润她
并一拃一拃地遍历她
一捧一捧地理解她

或让雨水落下来开启她
给她留下沟渠般的疮疤
和漆黑而甜美的淤泥
带着水坑般的眼睛

要么在她的传记里
让肥沃的人民急匆匆地

闯入干涸的可怜母亲
带着锄头和理由

和犁和汗水和福音
和处子秀的种子
去收取古老根系的遗产

我多么希望他们能聆听
她嫩绿的恩情和她滋养的性高潮
并让铁丝网收起尖刺
既然最终她将成为我们的、成为一

我多么想要大地的这种命运
而让你，小姑娘
在嫩芽或麦穗
或植物气息或蜜蜂信使间
躺在那儿
第一次看云
而我慢慢遮住天空

看天的男人

当流星划过
我在这转瞬即逝的愿望中聚集
一大堆内心深处的优先的愿望
比如，让痛苦不要熄灭我的愤怒
让快乐不要拆解我的爱
让杀害人民的人吞下
  他们狗一般的、尖利的臼齿
  并理智地啃咬肝脏
让监狱的铁条
  裹上糖，或因慈悲而弯曲
  而我的兄弟们能够再一次
  做爱和革命
让我们在面对铁面无私的镜子时
  不诅咒，也不诅咒自己
让正义的人前进
  哪怕他们不完美且伤痕累累
让他们前进：固执的人像河狸般
  团结的人像蜜蜂般
  身经百战的人像美洲豹般
  并攥紧他们所有的"不"字

好去安置那伟大的确信
让死亡失去它令人讨厌的准时
让心脏跳出胸膛时
　　　能找到返回的路
让死亡失去它令人讨厌
　　　且残酷的准时
　　　但若它准时到来，也不要让我们
　　　死于惭愧
让空气重新变得能够呼吸且属于所有人
并让你，小姑娘，继续快乐和伤痛
　　　把灵魂放进你的眼睛
　　　把你的手放在我的手上

别无所求了
因为天空已经再一次愤怒
　　　且没有星星
只有直升机，却没有上帝

珍珠婚

　　——致露丝

重返青春也是一件美事。

　　　　——罗尼·莱斯库弗莱尔

总而言之,短暂的爱多么矫饰
与之相反,漫长的爱多么朴素
我们说,它不需要路障
去应对时间或不合时宜
也不卷入有期限的热忱

短暂的爱还在那些路段上
无视其人尽皆知的急不可耐
总是保留或隐藏或伪饰那些
宣告着遗忘入侵的半别不别
与之相反,漫长的爱不分裂
有的也不是关于连续性的解
而毋宁说是连续的解决方案

这与我们的一段历史相关联
我是说,我妻子和我的历史
这历史在三十个三月码下刻度

到这阶段它们仿佛三十座桥
仿佛同一个记忆的三十个省份

因为一段漫长的爱的每个时期
一对不渝眷侣的每个章节
都是一片有其独有树木和回声
有其独有旷野和冷淡密码的地域

我妻子和我正是由此才成为一对
被称为流动的因而不般配的伴侣
包括八个闰年在内的三十年
有日常也有意外的生活

有人告诉我到了珍珠婚
也许是的，既然珍珠是秘密
是光泽、哭泣、节庆、深度
和其他从珍珠中来的譬喻

我认识她时
她才十二岁，梳着黑辫子
有一只流浪狗
我们所有人都把它当脚垫
而我十四岁，甚至没有狗
我在头脑里计算未来和道路
便知道你是我注定的那一个

或不如说我是注定的那一个
我依然不知道区别在哪
即便如此,我等了六年才告诉她
而她花了一分半钟答应我

我在布宜诺斯艾利斯待了一段时间
然后给她写诗或情书
她甚至没有回音
而我也没有注意到严峻的形势
写越来越多的诗和情书
那真是一段艰难的时期

还好我决定回国
像随便哪个浪子回头的未婚夫
兄弟有自行车
当然借给了我,我逞一时之勇
在阿尔梅利亚街溜下坡
啊真遗憾回程是上坡

她在极为专注地等待我

我从那辆倒霉的车子上下来
累得像条狗但依然挺立和骄傲,突然
就晕倒在她天意般的怀抱里
虽然她至今仍未从惊讶中恢复

但我发誓我那样并非有所预谋

当时，在最不可思议的哨塔上
她母亲正监视着我们
我感觉自己凄惨地被人蹲守
像个罪犯，几乎溶解

当然，那是旧时光，而蒙得维的亚
当时还是一个美好的乡土城市
而非被人频频提起的那个首都
对这一创伤，没有可能的疗愈
这也在那些小广场上留下了痕迹

它曾是那么乡土气质，以至于总统行走
也不带达官贵人，甚至不带部长
你可以在一间咖啡店遇见他
或者遇到他在一间商店买领带
外国媒体强调这一特征
把我们跟瑞士和哥斯达黎加相比

我们那时总是充斥着"流放者"
在形势轻微的时代是这么写的
现在相反，我们成了"流亡者"
但区别不在于"放"和"亡"
他们曾是玻利维亚人巴拉圭人里约人

尤其是布宜诺斯艾利斯人
看到他们在街头对我们贩卖记忆和烤饺子
心念故乡、可怜兮兮
让我们感到很痛心

显然那都是古老的时局了
然而我要对更年轻的读者们指出
当时格拉汉姆·贝尔已经发明了电话
因此我才在六点钟准时地
安身在雅泰街的啤酒屋
并从那里打我作为未婚夫的电话
通常要花上半小时左右

我的剧情长片稀罕到这种地步
让有些烦人的老主顾
对我吼叫,异口同声嘲弄我:
给他来一首《身陷巴黎》[①]!

如诸位所见,爱是艰巨的劳作
而在某些糗事中
几乎是不健康的事业

更糟的是,有次我吃了极大量的生菜

[①] 卡洛斯·加德尔的探戈名曲,讲述一个离开布宜诺斯艾利斯,身陷巴黎十年的人的心声。

没有人用卡雷尔溶液给它们消毒
总之我感染了斑疹伤寒
并不是真正长了斑疹
但也同样吓人和腐烂
人们给我喝芹菜水和西瓜汁
而我为了以防万一留了胡子
给我的访客们留下深刻印象

有一天下午她来到我家
然后进行了一个并不传统
我几乎要说是违禁和不卫生的行为
令我感到震撼
她亲吻我患了斑疹伤寒的开裂嘴唇
当时便永远地征服了我
因为到那时为止我都无法相信
她会那么温柔,那么不理智和大胆

因此,在我还没完全恢复
发烧中失去的十四公斤时
就剃掉了那不像是使徒
而是像流浪汉或拾荒者的络腮胡
我致力存钱,攒了两千比索
那时候美元我记得才一块八毛

此外,我们还决定了我们的行当

我是说挣钱的行当
她做关务员而我做速记员

我们准备在教堂成婚
并不是因为作为父亲的大写上帝
更多是为了身处盗贼之中的小写耶稣
我总是感觉自己和他同气连枝
但神甫不仅是罗马教皇天主教的
还是罗马人,是个什么贵族
因此才要求不知哪门子
洗礼证或是出生证

要说我有什么事确凿无疑那就是我已出生
因此我们改到另一间教堂
一个和蔼可亲的路德宗牧师
不死抠着证件纠缠
简短地给我们结了婚
而我们说"是的"就像互相打气
在照片里我们显得很吓人

我们的月和它的蜜在一种
跟今天类似的实践中贯彻终始
既然在这个真正的基本点上
人性几乎没有怎么更新

那是四六年的三月
感动、慷慨、敏感、高效的
杜鲁门老爹，在几个月前
把广岛变成一座尸体般的城市
变成一动不动的破布和非城市

刚好就在那之前或之后
在巴西，美国大使阿道夫·伯利
支持了反对瓦尔加斯的政变
在洪都拉斯，美国佬的投资
增加到三亿美元
巴拉圭和乌拉圭，唉，大胆地
对德国宣战
当然，并没有引起多大的同情
在智利，阿连德当选参议员
而在海地，学生们正要罢课
在马提尼克，诗人艾梅·塞泽尔
成为法兰西堡市长
在圣多明哥，多米尼加共产党 PCD
变成了人民社会党 PSP
而在墨西哥，墨西哥革命党 PRM
变成了制度革命党 PRI
在玻利维亚，没有发生字母的改变
但是只差三个月
比亚罗埃尔就要被绞死

阿根廷开始"将军化"
并且几乎立即"上校化"

我们俩去了瑞士镇①
对正在酝酿中的命运置身事外
她穿着一件我一直很喜欢的绿外套
而我穿着三件白衬衫

最终必须得工作了
于是我们工作了三十年
起初我们很年轻但我们自己不知道
当我们留意到的时候已经不再年轻
如果说现在那一切似乎如此遥远
定是因为在当时家庭举足轻重
而今天其重要性已经破裂

就在我们想要回忆那个
经历过一段不战而得的和平的小国家②时
它慢慢地开始震动起来
此前我们可是志得意满地
穿行在其他和平和其他震动之间
我们结合起去程和返程

---

① 阿根廷著名旅游胜地巴里洛切的一个风景优美的小镇。
② 指乌拉圭在二战期间大部分时间保持中立，仅于45年对日、德象征性宣战。

结合起民族惯习和遥远的忧伤
我们颠沛流离，走南闯北
我们和我们自己相遇
有一些是梦幻旅程，真便宜
另一些很讨厌，要护照和疫苗

我看着我们的照片：在威尼斯和因斯布鲁克
还有马尔文
索利斯浴场或哲学家小径①
我们曾经，我们现在，我们还要在一起
但是周遭发生了怎样的变化呀
我不是说背景里脏污的运河
也不是说冷清、孤立的沙丘
也不是说冠叫鸭酒店或歌德观景台
也不是说墙和攀缘植物的环绕
而是说那些现在正注视着我们的残酷眼睛
我们的世界微粒上发生了些什么
让某些人成为恐怖机器
我们曾经，我们现在，我们还要在一起
但我们是如何围绕着缺席和变动
如何被兄弟姐妹的血所重创
如何被该死的篝火所蒙蔽

如今我们的爱，和所有人的一样

---

① 位于德国海德堡。

有些区域难免装着伤心和坏兆头
惧怕的插曲,不可更改的远方
那些我们恨不得一次性发明出来
好将其一扫而光的过失

我们的身体熟悉的影子
已经不再终结于我们
它沿着任意土地任意河岸
直到抵达令人尴尬的真实
然后忠诚地舔舐同样组成了
我们漫长爱情的那些宁静的遗骸

直到日常的琐碎小事
都变成庞大无比的高地
心和心的累加
是一种烧灼的有说服力的和平
在聋哑的双层玻璃后面
嘴唇开始动作
因此我被迫去想象
她所想象的,反过来她也是

我们曾经,我们现在,我们还要在一起
碎块状地,时不时地,眼眶相对地,魂牵梦萦地
北方的孤独加上南方的孤独
为了握住她一只手,仅此而已

这是伴侣的根本动作

我必须把胳膊延伸在

一片杂乱而辽阔的大陆上

而那很难,不仅因为我的胳膊很短

我总是不得不把袖子挽起来

还因为我必须让自己伸展着

越过马拉开波湾的石油塔

亚马孙森林的无辜鳄鱼

和利弗拉门托的东岸警察[①]

事实上,三十年的风风浪浪

给了我们一种独特的硝石气氛

多亏了它,我们才能够在隐患和毁灭之上

重新认识对方

两个人的私密生活

这一部写入口袋书的世界历史

也许是诸多歌声中的一种

加上传道书,但不要启示录

也许是一种奇特的地理学,带有湍流

牧场、草原,和安静的奇恰酒[②]

[①] 利弗拉门托,毗邻乌拉圭边境的巴西市镇"圣安娜 – 利弗拉门图"的简称。乌拉圭全名"乌拉圭东岸共和国",旧称"东岸省",常以"东岸"代指乌拉圭。

[②] chicha,拉丁美洲盛行的一种用玉米制成的发酵饮品,各地做法、配方不一,有些含酒精,有些不含酒精。

我们不能抱怨

在三十年里，生活

给我们带走了艰辛并带来了温柔

它让我们如此地、如此地忙碌

它总是给我们留点什么让我们去发现

有时候它把我们分开，我们便互相需要

当一个人有需要，他便感到活跃

然后它又靠近我们，我们又互相需要

有我妻子在这里是件好事

哪怕我们不声不响，也不看对方一眼

她读着她的《第九环》

总在猜测谁是凶手

而我听着短波新闻

戴起耳机以免打扰她

同时心知谁才是凶手

三十年的伴侣生活

是一批无法模仿的收藏：

探戈、词典、痛苦、改善

机场、床、补偿、责罚

但总是有一种极纤细的哭泣

几乎是一条穿过我们的线

它把一站又一站穿起来

绣出延误和胜利
它给无序缝上扣子
甚至给忧郁打补丁

总是有一种极纤细的哭泣一种快适
有时候甚至都没有眼泪
那是这段糅杂的历史的抛物线
四只手的生活,失眠
或快乐——我们支撑于其上
越来越确信,仿佛是
钢丝上行走的两个平衡家
如若不是这样,我们便无法获知
至今仍然持续的、我们当然
无法公之于众的碰杯的意义

      1976 年 3 月 23 日

语义学实践

我们知道,灵魂作为生命的原则
是一种宗教和理念论的陈旧观念
但也知道,相反,它的效果在第二词义
或者说是枪炮的膛

然而必须承认,流行语言
  并非绝对时新
当那个读过康斯坦丁诺夫
  对灵魂的理念绝妙而天真的男生
亲吻他不懂得第二词义的小女同学
  天真而绝妙的嘴唇
且尽管如此他说我用整个灵魂爱你时
显然他并不想暗示说
  他用整个枪膛爱她

跨大洋运河

我提议你
建一条新运河
没有船闸
没有借口
最终交汇起
你大西洋的
目光
和我太平洋的
性情

双语计时疗法

如果一个男孩读我的诗
我会感到年轻片刻

相反,若是
一个女孩读它们
我会希望嘀嗒声
变成一种嗒嘀声①
或不如说一种*战术*②

---

① 在西语里,滴答声"tictac"的反写"tactic"在英语中是"战术"之意。
② 原文为法语"une tactique"。

十一

教堂里没有一个神父
懂得如何解释
为何不存在
第十一诫
去命令女人
不能贪图她的女邻居的
男人

磁带里的情歌

既然是你按下
"*播放*"键
我将敢于告诉你
我从未
敢于当面
对你说的

请你干脆地按下
"*停止*"键

强烈

握
胸
如
抓
狂[①]

[①] 西语有谚语作"Quien mucho abarca, poco aprieta",字面意思是"谁抱住太多东西,就抓不住多少",对应的中文俚语是"贪多嚼不烂",诗人化用此谚语,把"mucho"(多)改为"pecho"(胸),"poco"(少)改为"loco"(疯),意在表达情欲之贪婪和强烈。

一个裸女,在黑暗中

一个裸女,在黑暗中
拥有一种照射我们的透亮
如果发生什么闹心事
比如停电或者一个无月夜
很适合,甚至必须
拥有一个裸女在手

一个裸女,在黑暗中
产生一种让人信赖的光泽
当时年历也盛装打扮
蜘蛛在角落发抖
幸福的、猫一般的眼睛
注视,并从不厌倦注视

一个裸女,在黑暗中
是对双手的一种召唤
对双唇而言几乎是一种命运
对心脏是一次挥霍
一个裸女是一个谜
解密总是一次节庆

一个裸女，在黑暗中
产生一种独特的光并点燃我们
天花板变成天空
不无辜便是一种荣耀
一个亲爱的或若隐若现的女人
能破坏一次死亡

煽动

游戏的刺青留在墙上
时间威胁我但我不屈服
虽有一切果实我仍感不安
垮累的密码之后再处理

我在黄昏变成夜晚之前
在街道入睡和门合掩之前
和我缺乏经验的可怜成熟独处
希望我的需求能遇到你的供应

让狡黠四处漂流寻觅我，这不好
仿佛爱只是一次试探
既然现在你震惊我祈求的灵魂
我相信你被震惊的身体会接受我

对我们来说当下显然短暂、不纯洁
但当两条躯干庆祝它们的共谋
像黑暗中的炭火吸引我们的眼睛
只在那时我们会明白何为未来

我期望你的好运再次把我拯救出
寒冷和黑暗　厌倦和斗争
荣耀在橱窗里独自等待我们
而我和你此时却在品尝盐和胡作非为

荣耀在挑战中独自等待我们
凭你久经沙场、令人心服的熟巧
消除我们之间的那条分界线
而我们的脚相互寻找以开启故事

我在另一边

追悼海蒂[1]于五年后

我曾在大洋的另一边
准确说在马洛卡的帕尔马市
在戈米拉广场,众人趋之若鹜:
有美国*海军陆战队*
一如既往地烂醉
还有游客:瑞典人法国人
英国人荷兰人德国人
甚至马略卡人

街道的一部分进入我的阳台
随同它的肉体妓女
和骨头男人
到了对的时间
则伴随霓虹灯的光亮和平淡的剧情
直到一位蹩脚的悲伤*舞女*
急切地绣着她激烈的痛楚
没有一位仁慈的人为她鼓掌或看她

那时我已经开始

---

[1] 海蒂·桑塔玛利亚(1923—1980),古巴游击队员、政治家。

我对西班牙的艰难学习，我感到
迷失方向或身处边缘

除了我寄身海外的不安
没有别的猜测或障碍
除了我的厄运没有别的未来
除了我的呼吸没有别的保证

我曾在另一边
没有布宜诺斯艾利斯没有蒙得维的亚
没有哈瓦那没有墨西哥
没有基多没有马那瓜
就在戈米拉广场上
面对我的又一面流亡幕布

远处的贝利维尔城堡让我心喜
还有飞碟作为消遣
它在每个黄昏给我们留下
印迹、同谋的眼色和疑问
我真心实意喜欢那布景
虽然不带热情但我喜欢
哪怕我并不理解
沉默的主角和龙套

在漫长的白天

我用肝脏、用支气管
用指甲和胃
和我修修补补的白内障去看

天空由蓝色的精细血管长成
而房屋那么白
长着垂吊的藤蔓，还有老鹳草
仿佛是昨日抑或两个世纪前诞生

然而到了夜晚
我用肩膀和嘴唇
用肾用鼓膜用胰腺
还总是用我忠实的白内障去看
虽然它此时已不那么昏花

我曾在另一边
电话三次号叫来人呐
然后一个吞吞吐吐、极其遥远的声音
说昨天海蒂去世了
并再一次重复
仿佛相比于说服我
更是为了真正说服自己

昨天海蒂去世了
那个声音在我听觉的失灵中说道

五年前，在那个广场上
聆听这噩耗是艰难的
不可能把这残忍的缺席
与我的命运和日常生活中
十四五年的在场相联系
开辟道路的海蒂没有路了
我的哮喘病友海蒂没有哮喘了
海蒂没有家没有她的美洲了
海蒂没有庇护也没有太阳的箭矢了

我回到阳台，已是夜晚
我不明白为何突然入夜
已没有灯光没有声响
没有酒吧没有夜店没有迪厅
没有肉体女人
没有骨头男人
所有人都消失了
或许他们被招呼到
安静和黑暗之中
那些瑞典人法国人
英国人荷兰人德国人
所有人都消失了
那些*海军陆战队*消失得比谁都早
贝利维尔城堡已经不在了
白房子和老鹳草也不在了

垂吊的藤蔓也不在了
两个世纪前或昨夜起就不在了

然而有一道防波堤
对付短暂而席卷一切的巨浪
那不是来自地中海的波浪
还有一座体育场
实实地装满学生：
白人、黑人、穆拉托人

更近处有壁画，画着
委内瑞拉墨西哥巴西
智利乌拉圭哥伦比亚斯达黎加
还有画着比奥莱塔·帕拉的粗麻布
两三幅带阿根廷元素的切·格瓦拉画像
到处都是哑声哭泣的脸
在那间可怜的屋子里
没有海蒂的屋子里

我曾在另一边
虽然在正午却是夜晚
我仿佛看见死亡的一个新省份
甚至爱的一种未知形式

只有在我们那些篝火般的国家

才能把这戏剧性的奢侈给予我们：
从历史中完好无缺地接受
一个激发着理念、天真、宽恕
和英雄主义的独一无二的人物
她放飞蝴蝶，双手伸向
相似的和相异的
和慰藉和深渊和污点
和谵妄、胆量、折磨
和幻想和善良

难以置信
但就是这般发生
在我们痛苦和遗忘的国民中
我们常常给自己这可怕的奢侈：
从历史中接受一个遍体鳞伤的
不屈而洁净的、火一般的人物
却无法
或许也不配
让她不熄灭

海蒂真的死了
有人把这个消息永远安置在
我不信神的头脑里
我望向无人上苍
然而我心知，以后

当时光复返

这片天空的

蓝色精细血管

会在无法被安抚的

倾盆大雨中

被切开

母亲现在

十二年前
当我不得不离开
我把母亲留在窗边
望着大道

现在我重新拥有她
只是多了一根拐杖

十二年里
在她的大窗前发生了些事情:
游行和突袭
学生逃亡
人群
暴怒的拳头
和眼泪的蒸汽
挑衅
远处的枪击
官方庆典
秘密旗帜
重现的"万岁"声

十二年后
我母亲依然从她的窗户
望着大道

也许她没在看
只是在重历她的内心
我不知道是睥睨还是目不转睛
甚至连眼睛都不眨地
翻阅那些令人着魔的棕色纸页：
让她掰正一堆堆钉子的
一位继父
抑或是揭示命理的
我的法国外祖母
或是从来不愿工作的
她的孤僻兄弟

我想象有多少周折：
当她在一家店做店长
当她做童装
和几种彩色兔子时
全世界都夸奖她

不是兄弟病了就是我斑疹伤寒
我心善的父亲
已被三四个谎言击垮

但在盘子里装着玉棋[①]时
他便微笑、灿烂

她重历内心
八十七年的灰暗
她继续出神思考
而某种温柔的口音
避开她,像一根线
碰不到它的针

当我看到她和过去一样
荒废着大道时
我多么想要理解她
但到这地步,除了
用真实或虚假的故事
给她逗乐,给她买一台新电视
或把她的拐杖递给她之外
又有什么是我能做的?

---

① 传统意大利小吃,土豆、淀粉、面粉做成的团子。

每一个城市都能变成另一个

充满爱的人是那些抛弃的人,
改变的人,遗忘的人。
——海梅·萨比内斯

当爱使它改头换面时
每个城市都能变成另一个
由于充满爱的人把它走遍
每个城市都能成为那么多城市

爱经过那些公园
几乎没有看见它们却爱着它们
在鸟儿的欢会
和松树的布道之间

当爱粉刷墙垣时
每个城市都能变成另一个
在那些临近黄昏的面容中
其中一个是爱的面容

爱来到,离开,回归

而城市是证人
目击他们的拥抱和晨昏
他们的风平浪静和疾风骤雨

若爱离开且不返回
城市便背负起它的秋天
既然他们只给它留下痛苦
和爱的雕塑

爱抚报告

1

爱抚是一种语言
若你的爱抚对我说话
我便不想它闭口

2

爱抚不是对遥远的
另一种爱抚的复刻
而是一种新版本
几乎总是被改善过

3

爱抚在持续之中时
是皮肤的盛宴
而在它远离时

却让淫荡失去庇护

4

梦境的爱抚
奇妙而迷魅
只苦于一个缺陷
　　——触不到

5

如冒险，如谜题
在变成爱抚之前
爱抚就已经开始

6

很显然，最好的
不是爱抚本身
而是它的延续

通信工具

不需要是信差
你窗口那只单纯的鸽子
就会通知你,说痛苦
开始在遗忘中摇摆

我从内心深处前来告诉你
河流、向日葵、星辰
都在不徐不疾地转动
未来靠近,来认识你

你已知晓　无须比喻也无须焰火
最好的翻译是嘴对嘴
在双语的吻中
流转着甜美的消息

讽刺短诗

像一个六十多岁的老头以两英寸之差
　　胜过一个年轻人而抢下唯一一个空座位那样
　　闪亮

像野蛮的纳税人在排了两小时队之后
　　面对四号女柜员表现出的
　　敬重

像债务人对他最冷酷无情的债主过世的消息那样
　　欢迎

像好人往往因为播音员没有及时留意到
　　在刚到达的电报中窥伺着他的拼写错误一般
　　心痛

像一个因为意外停电而在喷头下打满肥皂的家伙
　　在三分钟后留意到
　　水再次毫无保留地涌出一般
　　松一口气

像司机干净利落地避开了一辆狂奔的
 　　装着三个集装箱的卡车后那样对生活
 　　和解

像青少年爱分贝胜过爱
 　　自己

就是这样　我的特里菲娜①　我差不多就习惯于这样
 　　爱你

---

① 埃及希腊化时期的托勒密王朝公主，嫁给了塞琉古王国的安条克八世做王后。

心[①]

现在没有人
再在墙壁上
在树干上刻下
  路易斯和玛丽亚
    拉格尔和卡洛斯
      玛尔塔和阿尔方索
挨着两颗
连在一起的心

现在的情侣
读着墙壁上
树干上
那些令人不适的
陈旧的甜言蜜语
然后在
永远地分手前
评价道
    真俗气

[①] IL CUORE，意大利语。

当你微笑时[1]

当你微笑时
你的微笑恰是幸存者
是未来在你身上留下的航迹
是对恐怖和希望的记忆
是你的脚步在海上的脚印
是皮肤和你的伤感的味道

当你微笑时
为你的苦楚而不寐的
整个世界
也与你一同微笑

---

[1] 斜体句子皆为英语。

塞壬

我确信你不存在
然而我每夜都听见你

我有时用我的空虚
或悲痛或昏睡发明你

你的惊骇从无尽之海中来
我聆听它像聆听圣歌,尽管如此

我是那么地确信于你不存在
以至于在接下来的梦里守候你

你①喝一口甜品吧

你喝一口甜品吧,但要坐着喝
若你是卫星,那就靠近你的太阳
像用一把马刀一样使用你的希望
冲动地把自己逐出世界或打赤脚
就现在,祛除奇迹　一点点地
脱掉你的衣衫,没有人目击
把躯壳扔到镜子里
你担忧,你询问,你准备
不是幸死　是幸存
从阳物到天空　没有梯级
既然人们不是来寻求你的寻觅
且你自觉天真或如乞丐一般
被你的抛多钮琴②所抛弃
那就一劳永逸地成为传说
重新套进你的衣衫
加入世界,制造奇迹,并在这时
赶紧准备出门,去泼洒自己

---

① 按照全文词性,这首诗中的"你"是一位女子。
② abandoneón,诗人自造词,结合了 abandonar(抛弃)和 bandoneón(班多钮手风琴)。

更替和新生的　下行路
但在你的小鼻子冒出来前
再喝一口甜品　免得招苍蝇

乌托邦

我怎能相信　张三说
世上已没有乌托邦

我怎能相信
希望是一种遗忘
或快意是一种悲伤

我怎能相信　张三说
宇宙是一片废墟
哪怕它就是
或死亡是一片宁静
哪怕它就是

我怎能相信
地平线是边疆
大海不属于任何人
夜晚是虚无

我怎能相信　张三先生说
你的身体　李四小姐

仅仅是我所触碰到的东西
或你的爱
你给我的那遥远的爱
不是你双眼的裸裎
不是你双手的不慌不忙

我怎能相信　南方的李四小姐
你仅仅是我看见
我抚摸、我进入的人

我怎能相信　张三先生说
乌托邦已经不复存在
若你　甜美　大胆
永恒的李四小姐
若你　是我的乌托邦

脐

> 我只剩下
> 你的肚脐,就像一个
> 圆杯。
> ——弗朗西斯科·乌隆多

当张三看自己的肚脐
不是因为自恋或乐意
而是因为他总在那里看见山丘
凸起的云彩　星系
混乱而欢乐的深渊
蟋蟀　淡褐小嘲鸫　美洲狮幼崽

当张三看自己的肚脐
不是因为他自认世界的中心
而是因为他在那里回想闲适的排场
面朝大海作出的舒适预言
慢火熬炖的晨昏中的露台
骇人的松树　恐怖的阴风

如今,当张三看自己的肚脐

不是因为他感到自负
而是因为他在那里聆听最好的祝词
升天妓女们的合唱
竞拍人出最高价时的敲钟声
垂死的春天的回音

事实是张三看着他的肚脐
顺着它降入世界　爬上飞机
但只有在它给他带来对可爱的李四小姐的
肚脐的乡愁时，他才会高兴地接受它
她的梦池，比房顶上生长的
维纳斯的肚脐[①]，给他带来更多快活

[①] 作者玩了一个双关语，"维纳斯的肚脐"是一种景天科植物在西班牙语里的常用名之一，学名 Umbilicus rupestris，中文叫"琉璃苣"，生长在墙壁或石头的裂缝处。

三角关系

张三失眠了
是李四小姐
犁他怀疑的夜

他吞下药片
因为他尝试入睡
靠这样进入梦乡
梦见甜美的李四
和她抽象的淫荡
并在这片领土里
寻找他们　撞上他们
遭遇他们
然后再
跟踪王麻子先生
直到天明

李四小姐如果你离去

李四小姐如果你和王麻子离去
我　你的张三　不会自杀
我只会在夜晚，在所有的
小路和沙丘上跟踪你们
也许你享受但我疼痛
直到你疼痛而我享受
当我跟踪的脚印不是
两个大的和两个小的
而仅仅是你的甜美双足
那时我再出现在你身边
而你　那份罪责把你变得
更加美丽　便自我原谅
好如往日一般在我肩头哭泣

历史回顾

怀旧多于陶醉
他一个接一个回忆他的李四小姐们

在第一位那里学到了天空
在第二位那里领会了大地
第三位,处女的微笑
第四位,有罪的皮肤
第五位,从头到脚遍历
第六位,让人把持不住的吻
第七位,有另一个深不可测的男人
第八位,异教的危险
第九位,逢场作戏
第十位,力不从心

其实
一段时间之前,张三已经
对睡在他身边的第十一个
下了头

对一位李四小姐的*刻奇*[①]十四行

我　张三先生　随身携带
我历史的每个命运之中的你的脸
你李四小姐的身体是一种荣耀
因此我做梦时梦见你

接着　如果梦境终结,我就跟随你
醒着梦见你　真是件苦差事:
你的回音回荡在我的记忆中
为你清点那些我对你讲过的梦

如此　没有奥秘的企图
我知道我会乐于选择
我的老花园里只选你的玫瑰

高挂的窗户里只选你的窗户
在大海的符号中只选你的事物之海
在一切爱中　只选你的爱　李四小姐

[①]　原文为"kitsch"。

对赫拉克利特主题的改写

不可重复的不仅仅是河流

雨,火,风
黄昏中的沙丘
同样不可重复

不仅仅是河流
张三先生联想

眼下
没有人
李四小姐
能在你眼中
看见自己两次

墙的讽刺短诗

在你和我之间　我的李四小姐　曾竖着
一道柏林墙,用荒芜的时间
和转瞬即逝的思念所砌成

那时你看不见我,因为旁人的怨恨
组成了警卫
我也看不见你,因为你的预兆的光线
让我目眩神迷

然而那时我常常自问
假如,比方说,你张开怀抱
来拥抱我的缺席
那你在等待中会是什么样子

但墙倒了
它一直倒塌
没有人知道怎么处理误解
有人像圣物一般收集它们

突然有一天下午

我看见你从雾的缺口中现身
从我旁边经过也没有喊我
没有碰我没有看我
并且跑去跟另外一个
流溢着日常恬静的面孔相逢

也许我过去忽视了那张面孔
它曾在你和我之间存在
曾经存在过
一堵柏林墙,在我们分开之际
把我们绝望地聚到一起
那堵墙现在仅剩残渣
更多的残渣
和遗忘

我说起你的孤独

我说起你无尽的孤独
张三说
我想钻进你记忆的口袋里
把她据为己有
拆除她揭穿她
夺取她的最后一座棱堡

你的孤独让我窒息　让我致幻
张三甜蜜地说
我想让你在夜晚想念我
记挂我
独自迎接我

但事实是
李四小姐慢条斯理地说
如果你幸福的孤独
和我的孤独相熔铸
那我就不会知道我是否存在于你之中
或你是否最终会变成我

两种孤独之中
归根结底,哪一种
会成为我合法的孤独?

他们互相看对方的眼睛
仿佛要原谅
在相互原谅中
再见
张三说

而李四小姐也
再见

奇迹

走,李四小姐,我们去使用奇迹
那道无主的微光
磨尖了你的谵妄　组装起你的梦
与此同时我在对岸等候你

既然我们是最糟的人里最好的
就让我们消耗我们不多的意欲
恢复你的身体　让它成为我的
我会用绵绵情意接受它

既然我们都如坐针毡
不管世界迷失到何处
我们都嘴对嘴地学会生活
然后一次性用掉奇迹

相拥者街道

树木组成的柱廊
或虚无　石上影
密闭的门厅
或虚无　风中叶

人们叫它相拥者街道
并非真的因为情侣们
由于缺少其他免费的
爱的空间而躲到那里

人们叫它相拥者街道
因为每个星期天夜晚
只有两个人，仅仅两个人
一个女人和一个男人
诈傻扮蒙地神神秘秘地
在那里约会，像两个船难者
而每个船难者都拥抱
另一具身体救生圈

人们叫它相拥者街道

仿佛在致敬那独一种
绝望的、求救的
如此不安又如此紧密的
仿佛总是最后一次的拥抱

而这不妨碍那个男人和那个女人
在他们的岛上无视于
他们相拥的那个目的地
叫做相拥者街道

当这位贞女仍是妓女时

当这位贞女仍是妓女时
梦想结婚和缝袜子
但自从她想要
单纯地做一个贞女
并且得到了乏味生活和丈夫开始
便怀念那些
没有客人的雨夜
她躺在属于所有人的床垫上
梦想结婚和缝袜子

治疗

为了
不在悬崖的诱惑前
屈服
最好的治疗是
私通

雄夜莺和雌夜莺

雄夜莺在妓院里认识了
雌夜莺,她在那里
夜复一夜唱着陈旧的探戈

他把她带回家,为她唱了一切
从舒曼的*夜曲*到普契尼的咏叹调
配上独特声调的智者阿尔方索的古歌
阿古斯丁·拉拉的博莱罗舞曲
佩雷斯·普拉多的曼波舞
塞维利亚舞曲
布鲁斯和黑人灵歌

四个小时　或二十年之后
雌夜莺说你闭嘴吧
马上闭嘴,要么我回妓院

显然那是最后通牒
而雄夜莺闭了嘴
伤心但实干地
雄夜莺闭了嘴

男人在岸边说

我很久以前就爱上了
透明且没有神灵的大海[①]
由于她是爱的陷阱和律法
我既爱又怕又期待她

有时候是他,蓝海
但另一些时候是她,绿海
二者明显不是同一个
我总是选择子宫之海
她海,那个母性的穹顶
(从"母性"到"温柔海"[②]
只需两三次满潮[③])

当那个轰隆作响、怒涛拍岸
强劲有力的他海到来时

---

① 西班牙语的"mar"(海)是双性词,现今通常使用阳性,在一些习语或文学表达中还会使用阴性。这首诗交替使用两种词性。
② 这是诗人的文字游戏,母性是"materna",温柔海是"mar tierna",只需要增加一个空格和一个字母 i。
③ 潮水涨到最高点。

我在中立、知情的沙丘上
躺平，等待

我不会去水上行走
如同那位奇迹的奠基人做过的那样
如今，可能的奇迹是
在水中沉没

因此我等待着
在流动的沙滩上
等那个温柔、淫荡、享受的
受欢迎的、抚爱的、壮丽的
赤裸着或几乎只装点着
海藻和珊瑚的她海赶来

在她海终于到达时
我像一条鱼沉入她的洞中
等到我们躺在她的盐床上
我用我所有的乡愁
对水和大地的乡愁来追溯她
而对他海，我预留了
牛角[①]和醋意

---

① 指绿帽。

田园诗里的月亮

钟声咚咚作响的那个世界
和另一个世界　几乎要啜泣的那个
之间的距离
与挡在过分的爱恨
和无力的恨爱之间的距离
会相等吗?
在集体的冻僵的怀里避难
和躲在另一个怀抱——
心爱的女人温热甜美的怀抱里
能一样吗?

田园诗里的月亮
在直升飞机上看不见

在神圣的耻辱罕有的冲动时刻
一个人想要真正改变,改变梦想
但在漏网的傲气的心血来潮中
一个人想要改变
单纯是想改变宇宙
正是在这一刻,仇恨无法

从爱中剥离

若我恨着醒来
我心知到黄昏时分我终将在爱
否则我将无法
幸存或幸死
说到底,恨只有在
给我们留下一个小孔
用来监视爱的胸怀时,才能清空

田园诗里的月亮
在直升飞机上看不见

红绿灯

红　仿佛那种
来得最闪亮的红色
处子之伤
紫红色的黄昏
被击败的公牛
剖开的心脏
炽热的玫瑰
在年历上
生来红色的周日
如火的凤凰木
种着天竺葵的阳台
你双唇的热焰

绿　如同那棵
你日渐少去呼吸它的树
脱鞋　在草坪上
绿色的地中海
绿色的绝望
绿：树叶和露水的
赌桌绿垫布的

福楼拜的鹦鹉的
塞尚的　西兰帕的
灯心草的　里斯本的
梦境的披风的
你惧怕的双眼的

献诗
　　——致约耶斯[①]

当那个女孩,那个魔术师
尚未开始变成尸体时
收到了多样的赞扬和供奉

在岸边,水流舔舐她的脚踝
海鸥滑翔,甚至燕子
也比约定的日期更早归来
橙子树向她伸出它偏爱的枝条
草坪在她脚下变得更加翠绿
蜂鸟和风筝
在共担的风险中合作
而一朵又一朵云给暴雨加上护甲
好消除威胁的气氛

然而他们从背后

[①] Yoyes,原名多洛蕾丝·冈萨雷斯·卡塔拉因(Dolores González Catarain,1954—1986),前西班牙巴斯克分裂武装埃塔组织(ETA)的成员,十七岁加入埃塔,曾短暂做过领袖,后脱离组织,重返社会生活,曾为联合国工作,最终被组织以背叛罪暗杀,当时正和三岁女儿在家乡小镇上散步。

就在她弱小的女儿身旁
开枪打她,毫无道理,只为莫须有

海鸥飞走了
甚至燕子
也决定留在它们的放逐中
橙子树和草坪都干枯了

暖色调的彗星落下
义愤的云朵已停止哭泣
一个又一个诗人
在她完好无缺的记忆中留下各自的献词
在她小小的尸体上留下各自的小小诗行

美人但是

那些不带雾气的女孩
来自阿姆斯特丹马德里巴黎伯尔尼佛罗伦萨
不顾寒冷
支着自己光滑浑圆的长腿
归根结底,她们有何方面相像?

她们在秋风中走出风姿①
带着集邮一般收集来的吻
和长满苔藓的角落里的一声欢迎
这些从前的处女有何共同之处?

为何纤细得如候鸟一般的
游动的苗条女子徘徊着
确信于她们的运气和夜晚
从魅力中散发出隐秘和淫秽?

是否,她们精致的地理学之所以存在
要多亏泥泞中漆黑的双脚,有待跋涉的道路

---

① 诗人做了一个文字游戏,秋风的"风"和"风姿"都用了"aire"。

和无处安放的边疆——
多亏它们遥远的口渴和饥饿?

是否因为她们的魔法的实现
虽无罪　但要多亏另一些世界
毋宁说不自觉地从贫穷
那古老的丑恶中吸取养分?

爱是一个中心

一个希望一个菜园一片荒原
两个饥饿之间的一片面包屑
爱是雷区
一个血的禧年①

圣杯和苔藓　十字架和芝麻
贪食者之间可怜的合页
爱是一个敞开的梦
一个少有分支的中心

是与虚无临界的整全
将成为灰烬的火堆
爱是一个词语
乌托邦的一个碎片

爱是这一切，比这少得多
又比这多得多　我会说
它是正在合成的：一个岛

---

① 禧年是以色列人出埃及后耶和华向摩西宣告的圣年。每五十年为一个禧年。

一次暴风雨　一方宁静的湖

爱是一棵洋蓟
在逐渐失去它的谜
直到留下一腔忧虑
一个希望和一个小小幻影

美丽双脚

拥有美丽双脚的女人
永远不可能丑
美往往温顺地
从脚踝、腿肚和大腿上行
在总是超出一切准则的阴部
稍作停留
然后围起肚脐,像围绕着那些一按下
就奏响《致爱丽丝》的门铃中的一个
再收复期待中的淫荡乳头
让嘴唇微张但不啜嚅金津玉液
并任由镜子般的眼睛欲望

拥有美丽双脚的女人
懂得因悲伤而流浪

看守灯塔的老头的女儿

她是看守灯塔的老头的女儿
一个小公主,身属那种孤独。
————《海洋幻想》华尔兹曲词
赫罗尼莫·伊·安东尼奥·苏雷达

当看守灯塔的老头的女儿
撇下灯塔,下到地面
粗人们无法经受她的美貌
只会用一靠近她就陷入呆滞的
眼睛和嘴唇去跟随她
而到夜里,既然他们在床上遇到的
是那个一如往常的女人,便无法
删除那种回忆,于是失败

灯塔看守的女儿来到市场
买了水果牛肉面包洋葱
西红柿藏红花鸡肉鳕鱼
可说是四个星期的给养
她付款,微笑,动身返回
三十个水手给她排出一条步道

好让她的美得以通过
而她享受地穿了过去

如果灯塔在夜间亮起
渔夫和陶艺师
店员和摩托车手
老色坯和少年人
纷纷打开窗户睁开眼皮
好让灯塔看守的女儿
用她不可企及的不间断的光
来包裹他们

第八个

既然到了决赛
且大家都已看到她们
侧面和正面
前胸①和后背
披薄纱和穿长裙
不该有疑问
女王是最美的

啊是的　但第八个
左边数起第八个
同样没有疑问
这个最迷人
她少的那两厘米
她多的那六厘米
就像老尼采说的
让她变成人性的
太人性的

---

① in pectore，拉丁文。

女王是最美的
但左数第八个
是最诱人的

谁能扛得住
她痛苦的嘴唇
被征服者的眼睛
穿比基尼的悲伤

枕头

寻找尺寸精确地
适合我梦境的
枕头,从来
不是容易事

夜晚的头脑里
交缠着疲惫
憔悴不寐的
皱纹,益深

夜晚的头脑里
树木、墙垣
铝制的身体
惊恐地逃逸

我并未选择我的梦
是枕头　是它
把梦掺入
节日的无序

我更不会选择的
是疯狂的噩梦
那些无字无叶的
风之书

但在那么多个
没有故事没有历史
也没有翅膀的枕头过后
我和往常一样地偏爱

你温热的小腹做枕头
离你的生命之乳房
那带有磁性的庇护所
好近好近靠得好近

手势

我的双手给你带来
老手势
是我如今的
而非往日的手

我勉力而为
且对感情
问心无愧

既然梦和幻想
如同仪式一般
那么第一个返回的
总是同一个

你裸露的脚
在下午抬起
挽救了墙垣

偶然性给予我们
它的双行道

你跟你的孤独走
我跟我的走

若我还栖居在你记忆里
便不会如此
我不会落单

你不眠的目光
不提供给养
你的明眸之月
落在何方

快看着我
在一不留神
我变成另一个人之前

风景改变或破坏
并不重要
你用你的山谷和嘴巴
都能赶上我

别炫我眼目
习惯的天空
对我已足够

我的双手给你带来
老手势
是我如今的
而非往日的手

我勉力而为
且对感情
问心无愧

醒来爱人

早上好早上好早上好[①]
醒来爱人,然后做笔记
只有在第三世界
每天死去四万个儿童
在晴朗宁静的天空
轰炸机和兀鹫飘动
四百万人患有艾滋
贪婪薅光了亚马孙

早上好早上好[②]醒来吧
在联合国奶奶的电脑里
装不下卢旺达的更多尸体
原教旨主义者给外国人割喉
教皇宣扬抵制安全套
阿维兰热扼杀了马拉多纳

早上好市长先生[③]

[①] 分别为法语"bonjour"、意大利语"buon giorno"和德语"guten morgen"。
[②] 西班牙语和英语。
[③] 法语。

意大利力量党早上好[①]
早上好恩斯特·荣格[②]
主业会早上好[③]
早上好广岛[④]

醒来爱人
恐怖也早起了

---

① 意大利语。"Forza Italia",意大利力量党,右翼自由保守主义政党。
② 德语。荣格是著名一战回忆录《钢铁风暴》的作者。
③ 西班牙语。"Opus dei",主业会,隶属天主教会的自治社团。
④ 英语。

绿色

他们捍卫草坪
丛林绿海
草皮地毯
攀缘植物洋常春藤
受辱的亚马孙
松树的树荫

他们收集碧绿
从绿玻璃瓶
到祖母绿
饱食三叶草
栽种希望
尤其是
窥探柔美的
绿眼睛女孩

说到底,哪怕困难重重
老色坏们①是唯一一些
痴狂的生态学家

---

① viejos verdes,用"verde"(绿色、色鬼)玩一个双关。

罗得之妻[①]

雕像女人　你
蓝、绿、紫、红的历史
只留下虚弱而失忆的
窒息的白色

雕像女人　你运气好
曾有骨　曾有肉
然而拥有你又不拥有你
是多么伤感

携带雨水和过去的女人
贪求你的恩惠
但愿雨过天晴，而你
永远停留在这一边

盐和露水做的女人
你的心继续嫉妒
而你的声音透出悲伤

---

① 《圣经》人物。在索多玛城被毁后，罗得携妻逃走，上帝告诉他们不可回头看，但是罗德之妻回头了，于是变身为盐柱。

仿佛大地和河流

你别忘记,往后或往前
都是忘不掉的
惩罚已经足够
重新参与生活吧

大胆地　毫无预警地
有道理或无理由地
罗得之妻　我禁止你
变成雕像

别样　特别的女人
若非我既是法官又是当事人
我会慢慢　慢慢地
冒险把你剥光

我把大海带到顶针里来

金制玫瑰
不会凋谢
也无香味
毒害你的
他人的天空
已经不再蓝

  我把大海带到顶针里来
  你的面孔即是新闻
  我的多个乌托邦
  都有你的爱抚的
  印记

若记忆
不计入
美妙事物
若憎恶
遮蔽住
无爱之夜

若真相携着
　　感恩的公鸡晨起
　　我的幻梦
　　编造出律则
　　反抗你的遗忘

若我的疲软
拥有妄念
要做勇士
而你的审慎
懂得
混入欢愉

　　我把大海带到顶针里来
　　而你的面容是我的护身符
　　我不会对任何人
　　说起你的"对不起"
　　我保守秘密

交换

你给我你的身体和祖国,而我给你我的河
你,带有你香味的夜　我,我的古老窥伺
你,你嘴唇的血　我,花匠的手
你,你头顶的草坪　我,我可怜的柏树

你给我你的心,那个刽子手
而我给你我的平静,那个谎言
你,你双眼的飞舞　我,我太阳的根系
你,你触觉的皮肤　我,我在你皮肤上的触觉

你给我你的黎明,而我给你我的三钟经
你对我揭开你的谜　我把你关进我的厄运
你把我逐出你的遗忘　我从未把你忘记
你离开你离开你归来　我离开我离开我等你

提布鲁斯[①]
——致埃内斯托·萨瓦托

已是半个世纪前
堂·尼古拉认为
淫秽的妓院
和多礼的前厅
是一回事

因为当时的处女
正是在前厅里
亲吻未婚夫

而未婚夫继续
在妓院里
进行基本性活动

如今的家宅
鲜少有处女
也没有了前厅

---

① 古罗马诗人,善写哀歌。

而那些干事业的男人
在妓院里
要求五星级

哎,堂·尼古拉
最终你的两个词
成了同一个

假如上帝是女人

> 假如上帝是一个女人?
> ——胡安·赫尔曼

假如上帝是一个女人?
胡安面不改色地问

哎呀哎呀假如上帝是女人
很可能我们不可知论者和无神论者
不会用头脑说不
而会用内心说是

也许我们会靠近她神圣的赤裸
好去亲吻她并非青铜的脚
她并非石头的阴部
她并非大理石的乳房
她并非石膏的嘴唇

假如上帝是女人,我们会拥抱她
把她从背景中拽出来
且无须发誓

直到死亡把我们隔开
既然她因为换称而不朽
她传染给我们的将不再是艾滋或恐惧
而是她的不朽

若上帝是女人
不会高居天国
而会在地狱的门厅等候我们
用她并非闭合的怀抱
她并非塑料的玫瑰
和她并非天使般的爱

哎上帝，我的上帝
假如你无始以来并无有尽期地
是一个女人
会是一件多么美好的丑闻
多么幸运、绝伦、不可能的
奇妙的诽谤

再 / 创世[①]

在被夏娃和孤独压垮的
第一个亚当
小心翼翼地创造了上帝时
他完全没有意识到
他把自己无依无靠的心
塞进了哪一条弥漫雾气的隧道

但当他的发明强制他献上牺牲
强制他祷告并禁绝欢愉
或者把欢愉变成一种嫌恶时
亚当　在第一个夏娃的要求下
一口气创造了不可知论

---

① 文字游戏，合在一起是"recreaciones"（消遣、娱乐）。

谜

我们每个人都有一个谜
很合理,我们都不知道
什么是它的密码,它的机密
我们在外围摩挲
我们收集散落的残渣
我们在回音中迷失
然后在梦中失去它
就在马上要解谜的时刻

而你,也有你的谜
一个那么简单的小谜
小门藏不住它
预兆无法把它排除
它在你眼睛里你就闭眼
在你手中你就把手拿开
在你胸部你就把胸遮住
在我的谜之中你就把它丢弃

（京权）图字：01-2023-3743

图书在版编目（CIP）数据

爱、女人和生命：贝内德蒂爱情诗选／（乌拉圭）马里奥·贝内德蒂（Mario Benedetti）著；犀子译. --北京：作家出版社，2023.10

ISBN 978-7-5212-2419-1

Ⅰ.①爱… Ⅱ.①马… ②刘… Ⅲ.①诗集-乌拉圭-现代 Ⅳ.①I782.25

中国国家版本馆 CIP 数据核字（2023）第 151138 号

El amor, las mujeres y la vida by Mario Benedetti
Copyright©1995 by Mario Benedetti
This translation published by arrangement with Fundación Mario Benedetti, c/o Schavelzon Graham Agencia Literaria
www.schavelzongraham.com
Simplified Chinese Edition Copyright©2023 by The Writers Publishing House Co., Ltd
All rights reserved.

爱、女人和生命：贝内德蒂爱情诗选

作　　者：（乌拉圭）马里奥·贝内德蒂
译　　者：犀　子
责任编辑：赵　超
封面设计：吴元瑛
出版发行：作家出版社有限公司
社　　址：北京农展馆南里 10 号　　邮　编：100125
电话传真：86-10-65067186（发行中心及邮购部）
　　　　　86-10-65004079（总编室）
E-mail: zuojia@zuojia.net.cn
http://www.zuojiachubanshe.com
印　　刷：北京新华印刷有限公司
成品尺寸：130×210
字　　数：110 千
印　　张：7
版　　次：2023 年 10 月第 1 版
印　　次：2023 年 10 月第 1 次印刷
ISBN 978-7-5212-2419-1
定　　价：45.00 元

作家版图书，版权所有，侵权必究。
作家版图书，印装错误可随时退换。